HEIDI SCHUMACHER

Opferstein

KÜSTEN KRIMI

emons:

Umschlagmotiv: Heribert Stragholz
Umschlaggestaltung: Tobias Doetsch
Druck und Bindung: CPI – Clausen & Bosse, Leck
Printed in Germany 2011
ISBN 978-3-89705-807-1
Küsten Krimi
Originalausgabe

Für Petra, Krimi- und FC-Fan

»It's an ill wind that blows no one any good«
Englische Redewendung

1

»Mein Gott, die Menschen sind eben unbelehrbar. Wie viele Warnschilder sollen wir denn noch aufstellen? Drei Unfälle mit Todesfolge! Können die Leute denn nicht lesen?«

Henk Thiessow vom Gemeinderat des Inseldorfes fuhr sich mit der Hand durchs Gesicht. Vor ihm saß diese junge Person vom Festland, die ihm einen Presseausweis unter die Nase gehalten hatte und nun – wie schon die Reporter vor ihr – lästige Fragen stellte. Seine Gemeinde brauchte Ruhe. Für den Tourismus waren die Unfälle nach diesem verregneten Sommer Gift. Im Moment wagte sich kaum noch jemand ans Kliff. Dabei waren diese vier Kilometer zwischen den Boddenmeeren die Attraktion des Ortes. Im Sommer blühten dort Mohn und Kornblumen um die Wette, und die Luft war so weich, dass man die Heckenrosen riechen konnte. Im Herbst färbte sich der Wald zwischen den Meeren gelb und kupferrot. Im Winter, Thiessows Lieblingszeit, standen die Gerippe der Bäume schwarz gegen das hellblaue Eis der Wiek.

»Lesen hat vor Unfällen noch nie geschützt!«, murmelte sein Gegenüber. Sie hatte mehr für sich gesprochen. Thiessow seufzte.

»Die meisten Gäste kommen zwischen Mai und Oktober. In dieser Zeit müssen wir unser Einkommen für das ganze Jahr erwirtschaften.«

Die Journalistin vor ihm notierte »Mai bis Oktober« in ihrem Notebook.

»Herr Thiessow, über den letzten Unfall bin ich informiert. Vielleicht können Sie mir etwas über die beiden anderen Frauen sagen. Wie alt waren sie, woher kamen sie, wie weit lagen die Unfallstellen jeweils auseinander?«

Drei Fragen auf einmal und alles nach Art junger Leute sehr schnell gesprochen, und das kurz vor dem Mittagessen.

»Nu mal langsam, junge Frau!«

Thiessow kratzte sich den Kopf.

»Wie wäre es, wenn Sie den Polizeibericht lesen? Da haben

Sie alles aus erster Hand. Ich bin ja gar nicht hier gewesen, als die ersten beiden Unfälle passiert sind. Meine Frau musste doch unbedingt nach Rhodos. Ich bin da fast umgekommen vor Hitze …«

Die junge Frau mit dem grün-weiß getüpfelten Tuch in den hellen Haaren lächelte. Sie hatte sehr blaue Augen. Vielleicht hatte er sich deswegen zu diesem Interview breitschlagen lassen. Sie war in sein Büro geschneit und hatte sich als Antonia Babe, Hamburger Rundschau, vorgestellt. Jetzt saß sie schon eine halbe Stunde bei ihm. Sein Magen knurrte laut.

»Sie scheinen hungrig zu sein!«, kommentierte Antonia Babe das Geräusch und sah auf. Das Licht einer milden Oktobersonne fiel durch die Baumkrone vor Thiessows Fenster, tanzte in weichen Kringeln über die Schreibunterlage, über seine fleckigen Hände und zuletzt über das kantige Gesicht. Thiessow war der Erste, den sie hier auf der Insel befragte, und er schien es eilig zu haben. Sie lächelte und fuhr fort:

»Für einen Rüganer ist Rhodos sicher nicht der beste Ort, schon gar nicht im Juli!«

Dann tippte sie »Eins und zwei im Juli« in ihr Notebook. Die ersten beiden Unfälle ereigneten sich im Juli, der dritte, wegen dem sie von Hamburg nach Rügen gekommen war, Ende September.

»Wenn ich das richtig verstanden habe, sind alle drei Frauen alleine zum Strand hinuntergestiegen und bei starkem Wind von herunterfallenden Felsbrocken getötet worden?«

Thiessow räusperte sich.

»Jawoll. Das erste Opfer war aus Köln. Sie wohnte mit Mann, Kind und Hund in einer Ferienwohnung am Ortseingang. Aber tun Sie mir den Gefallen und befragen Sie nicht auch noch die Wirtin. Tote beleben nicht gerade das Geschäft.«

Antonia schrieb eifrig weiter und murmelte halblaut vor sich hin:

»Da wäre ich mir nicht so sicher!«

Thiessow stand auf und schloss das Fenster. Er setzte sich nicht wieder hin, sondern lehnte jetzt mit dem Rücken gegen die Fensterbank und schaute auf seine Uhr.

»Die Krankenschwester war aus Potsdam und wohnte in einem Gästehaus in Sellin!«

Sein Magen knurrte jetzt so laut, dass Antonia im Schreiben innehielt und ihre Finger für Sekunden über der Tastatur ihres Notebooks schwebten.

»Sie ist mit dem Bus hierhergekommen, um zu wandern. In der Zeitung stand, sie war Alleinreisende. Über das dritte Unfallopfer, Karin Mönkeberg, wissen Sie ja Bescheid«, schloss Thiessow ungeduldig.

Antonias Finger huschten wieder über die Tastatur. Dabei sah sie Thiessow unverwandt an, damit er nicht zu sprechen aufhörte. Thiessow, irritiert vom blauen Blick seines jungen Gegenübers, hüstelte.

»Können Sie blind tippen? Das habe ich nie gelernt. Ich schreibe immer noch mit zwei Fingern.«

Antonia nickte und klappte das Notebook zu. Der Hinweis auf den Polizeibericht war für sie das Zeichen gewesen, Thiessows Geduld nicht länger auf die Probe zu stellen. Sie stand auf, bedankte sich für das Gespräch und ging zu ihrem Leihwagen, einem Peugeot Cabrio, auf den Parkplatz.

Netter Mann, dieser Thiessow. Sie hatte ihn gefragt, ob sie noch einmal wiederkommen dürfe, wenn sich bei der Recherche Fragen ergäben, und er hatte zugestimmt. Im Rückspiegel sah sie, wie er jetzt die Kurverwaltung verließ und in großen Schritten auf das gegenüberliegende Restaurant zuging.

Es war erst eine Woche her, dass Antonia den Anruf ihres Hamburger Auftraggebers erhalten hatte. Dr. Mönkeberg hatte sie mit leiser, schleppender Stimme in sein Büro in der Innenstadt gebeten. Er war in Hamburg nicht unbekannt. Man munkelte, er habe viel Geld durch Börsenspekulation und noch mehr Geld durch Immobiliengeschäfte in Ostdeutschland gemacht.

Sie war von einem gepflegten Endsechziger in teurem Anzug begrüßt worden. Mönkeberg kam rasch zur Sache. Ihm waren Zweifel an den bisherigen Ermittlungen gekommen. Er glaubte nicht an den Unfalltod seiner Frau. Antonia, die eben erst bei der Detektei »Findevogel und Freese« eingestiegen war, ließ sich engagieren, für ihn undercover zu recherchieren. Mit Hilfe ihrer Freundin Gesine, einer Redakteurin bei der »Hamburger Rundschau«, besorgte sie sich einen Presseausweis, fuhr auf die Insel und mietete ein Zimmer an der Boddenküste. Zwei Wochen hatte sie für ihre Recherchen geplant. Geld spiele keine Rolle, hatte Mönkeberg gesagt, und Gesine hatte sie um den bezahlten Urlaub beneidet.

Am späten Nachmittag lenkte Antonia das Cabrio zwischen Wiesen und Feldern in Richtung Kliff. Vorsichtig steuerte sie den Wagen über den holprigen Untergrund. Die Sonne schien warm, und sie fuhr mit offenem Verdeck. Unterwegs überholte sie einen Radfahrer und zwei Spaziergänger. Der Weg war uneben. Die Betonplatten, mit denen er gepflastert war, fügten sich nicht aneinander. Sie stammten noch aus der DDR-Zeit, und in der Mitte hatte man bei jeder Platte, vermutlich um Material zu sparen, eine große Lücke gelassen. Antonia musste achtgeben, dass sie den Wagen in der Spur hielt. Nach einer Weile war sie das Gerumpel leid und parkte am Feldrand, um den Rest des Weges zu Fuß zu gehen.

Hier entlang war also Karin Mönkeberg gegangen, bevor sie der Stein tödlich traf. Antonia versuchte sich vorzustellen, wie die Hamburgerin, die sie nur von Fotos kannte, die ihr der Makler überlassen hatte, an einem Septembermorgen zwischen Holunder- und Haselnusssträuchern einen Spaziergang zum Kliff machte.

Der Weg führte vor dem Kliff durch ein Waldstück, in dem hin und wieder, versteckt hinter Bäumen, ein Haus lag. Verlassene Ferienhäuser, denn die Fensterläden waren verschlossen, und niemand war zu sehen. Im Wald war es deutlich kühler als auf dem offenen Weg, und Antonia schloss den Kragen ihrer Windjacke. Als sie aus dem Dunkel hinaustrat, glitzerte vor ihr im Licht der Oktobersonne das Meer. Ein Sandweg, gesäumt von Hagebuttensträuchern, endete bei einer hölzernen Treppe, deren Stufen zum Ufer hinunterführten. Die Treppe war abgesperrt. Ein Schild mit der Aufschrift »Achtung, Lebensgefahr! Weitergehen verboten!« und einem Totenkopf-Piktogramm darunter stand neben dem Aufgang. Offenbar waren Neugierige dennoch unter der Absperrung hergekrochen. Man sah es an den vielen Spuren im Sand. Ohne zu zögern, duckte auch Antonia sich unter das rot-weiße Absperrband und stieg die ausgetretenen Holzstufen hinab.

Der Strand am Kliff war nicht besonders breit. Die Flut war hereingekommen und hatte das Land auf einen noch schmaleren Saum aus Sand und Steinen schrumpfen lassen. Verstreut standen kleine Steinskulpturen herum, die Badegäste hinterlassen hatten. Etwas weiter vorn lagen im fahler werdenden Licht des späten Herbstnachmittags fünf Findlinge wie eine Gruppe großer Tiere im Wasser. Links und rechts neben der Treppe standen die Klippen nur drei Meter hoch. Die ockerfarbenen Wände wirkten fest. Bis auf einige Risse und Löcher, in denen Seeschwalben nisteten, schienen sie nicht besonders erodiert.

Antonia wandte sich nach Westen, wo die Felsen nach einigen Metern die Sicht versperrten und der Weg um das Kliff herumführte. Hier waren die Wände weit höher. Büsche und kleine Bäume krallten sich mit letzter Kraft in die Abbruchkante. Dem nächsten Sturm würden sie mit Sicherheit zum Opfer fallen. Antonia sah zum Klippenrand hinauf und ging ein paar Schritte um eine hohe Felsecke herum. Der Strandweg war hier sehr schmal und lag ganz im Schatten. Überall war Treibholz angeschwemmt, in dessen Gewirr sich Tang, Papier und Plastikreste verfangen hatten. Antonia ging nur ein paar Meter weiter, denn sie fühlte sich plötzlich unbehaglich, und kehrte zur Treppe zurück. Dort ließ sie sich auf der untersten Stufe nieder, um die letzten funkelnden Reflexe der Sonne auf der See zu genießen. Dabei fiel ihr Blick wieder auf die großen Findlinge. Der Wind hatte etwas aufgefrischt, und die Wellen schlugen jetzt deutlich härter gegen die Steine. Der größte von ihnen beherrschte die Gruppe durch seine bizarre abgeflachte Form.

Wie eine halbierte Seekuh, dachte Antonia. Sie betrachtete die Färbung genauer und bedauerte es, dass sie ihre Kamera nicht dabeihatte. Mehrere Streifen am unteren Rand zeugten von den verschiedenen Wasserständen: ein glitschiges Algengrün ging in den helleren Streifen über, den das Meersalz über Jahre zurückgelassen hatte. Ein dritter Streifen in Hellgrün markierte den höheren Wasserstand des Winters. Antonia wollte gerade aufstehen und zum Wasser gehen, um den Stein näher zu betrachten, als sie hörte, wie hinter der Felsbiegung einige Brocken auf den Strand krachten. Heftig fuhr sie zusammen, sprang auf und rannte die Treppe nach oben.

Dort zwang sie sich, langsam zu gehen, obwohl ihr Herz raste. Das hohle Krachen der Felsbrocken hatte ihr einen mächtigen Schrecken eingejagt. Nicht auszudenken, was passiert wäre, wenn sie dort weitergegangen wäre. Sie passierte einen kleinen Hohlweg, an dessen unterem Ende ein einsames Ferienhaus lag. Unter anderen Umständen hätte sie die Besitzer wegen der romantischen Lage beneidet. Jetzt begann sie zu frieren, als ihr Blick auf den verlassenen Garten und die verschlossenen Fensterläden fiel. Sie sehnte sich nach einem heißen Tee und menschlicher Gesellschaft.

Zwischen ihr und ihrem Wagen lag noch das Waldstück. Antonia ging ein wenig schneller. Die Bäume standen hier so dicht, dass das Licht kaum durch die Kronen drang. Bis auf das Geräusch ihrer Schritte war alles still. Im Unterholz hörte sie ein paarmal ein Rascheln, dann war wieder Ruhe. Die Spaziergänger, die sie überholt hatte, waren sicher auf halber Strecke in das Ausflugslokal eingekehrt, der Radfahrer wieder umgekehrt.

Wieder ein Rascheln, diesmal näher. Antonia fiel in einen leichten Trab. Wenn es darauf ankäme, könnte sie dank ihres regelmäßigen Joggens sehr schnell laufen. Das Geräusch kam noch näher, dann entfernte es sich wieder. Womöglich ein Fuchs. Gestern Abend hatte sie ganz nahe beim Dorf ein äsendes Reh auf einer Wiese entdeckt. Ungewöhnlich, dass sich das Wild so in Meernähe aufhielt, dachte sie. Aber warum nicht?

Der Weg machte jetzt eine Biegung, und plötzlich war das Geräusch fast neben ihr. Antonia lief, so schnell sie konnte, in die Helle des Feldwegs. Vor ihr, nur noch ein paar hundert Meter entfernt, stand ihr Wagen. Erleichtert ließ sie sich in die Sitze des Cabrios fallen.

Der Himmel hatte sich verdunkelt, und erste schwere Regentropfen fielen. Das fahle Licht hatte der Szenerie, die noch vor einer halben Stunde so heiter wirkte, sämtliche Farbe entzogen. Rasch schloss Antonia das Verdeck und startete. Mit zitternden Fingern suchte sie einen Radiosender und fuhr dann über den holprigen Plattenweg zurück ins Dorf.

Am Rand, etwas versteckt hinter Bäumen und mit Blick auf die Wiek, lag das Ferienhaus der Mönkebergs. Es war mehr eine Villa, ein eleganter, moderner Bau aus hellen Ziegelsteinen. Als Zugeständnis an die Tradition hatte man es mit einem Reetdach gedeckt. Zum Kliffweg hin gab es ein hohes, abweisendes Eingangstor, zur See hinunter gepflegten Rasen. Mönkeberg hatte ihr gesagt, dass seine Frau manchmal wochenlang im Ferienhaus geblieben war. Er selbst kam nur zum Wochenende aus Hamburg herüber und fuhr am Sonntagabend wieder zurück. Er hatte Antonia einen Schlüssel mitgegeben, damit sie sich im Haus umsehen konnte. Aber heute würde sie es nicht mehr betreten. So viel stand fest.

Sie bog auf den Parkplatz des Restaurants »Zur Reuse« ein und manövrierte den Wagen zwischen zwei protzige Geländewagen. Erlöst betrat sie den Gastraum: Endlich Wärme, helles Licht und der tröstliche Duft nach gutem Essen. Obwohl sie erst das zweite Mal hierher kam, begrüßte Olaf, einer der Kellner, sie wie einen alten Stammgast.

»Hallo, Antonia! Ich bring dir gleich die Karte!«

Der schlaksige junge Mann, auf dessen T-Shirt-Brust in roten Buchstaben »Reuse-Team« stand, balancierte geschickt Tabletts mit Gläsern und Tellern zwischen den Tischen her. Er hatte für jeden Gast eine launige Bemerkung parat und sorgte für Heiterkeitsausbrüche an den Tischen, an denen er stehen blieb. Als er zu Antonia kam, wurde er stutzig.

»Du siehst heute aber gar nicht gut aus. Ich bring dir was mit Kräutern. Geht aufs Haus!«

Antonia nickte dankbar. Sie trank den bitteren Aperitif und spürte, wie er sich als Wärme in ihrem Inneren ausbreitete. Dann studierte sie die Angebote des Tages auf der Speisekarte, konnte sich aber nicht konzentrieren, weil sich zwischen Seehechtcarpaccio und Muscheltopf die Erinnerung an ihren Besuch am Kliff drängte. Als das Essen dann kam, aß sie jedoch mit großem Behagen. Wie jemand, der noch einmal davongekommen ist, dachte sie und hinterließ Olaf ein großzügiges Trinkgeld.

Mit wiedergewonnener Gemütsruhe kehrte sie am frühen Abend in ihr Zimmer zurück. Sie machte Licht, schloss die Vorhänge und ließ sich mit einem Seufzer der Erleichterung auf ihr Bett fallen.

Sie schlief kurz ein, schreckte jedoch bald wieder hoch. Im Traum hatte sie das schwere Krachen von Stein auf Steinen gehört. Sie setzte sich auf und überlegte einen Moment, ob sie die Polizei informieren sollte. Vielleicht war da jemand gewesen. Jemand war ihr gefolgt, hatte ihr aufgelauert. Aber das wäre unprofessionell. Man würde sie befragen, warum sie gegen das Verbot verstoßen hatte, den Strand zu betreten, und Antonia wollte auf keinen Fall, dass man den wahren Grund ihres Aufenthalts erfuhr.

Sie tastete nach der Fernbedienung auf dem Nachttisch und suchte nach einer ansprechenden Fernsehsendung, aber das Programm war entsetzlich langweilig. Nach fünf Minuten schaltete sie wieder aus und holte ihre Arbeitsmappe hervor, die sie in einer Seitentasche des Koffers versteckte, um sie vor den Augen ihrer Pensionswirtin zu verbergen. Obenauf lag der Briefumschlag, den Peer Mönkeberg ihr vor der Abreise gegeben hatte: Spesen in Form von zweitausend Euro und Fotos seiner verstorbenen Frau. Antonia hielt die Fotos unter die kleine Leselampe ihres Nachttischs.

Die Aufnahmen zeigten eine Schönheit mit langem dunklem Haar bei verschiedenen sportlichen Aktivitäten. Einmal stand die Frau des Maklers auf einer Jacht, umgeben von Seglern ihres Alters, auf dem Golfplatz posierte sie mit einem muskulösen, jungen Golflehrer, und ihre Tennispartner waren ebenfalls in ihrem Alter. Peer Mönkeberg war nicht mehr der Jüngste. Sie hat ihn wegen seines Geldes genommen, schoss es Antonia durch den Kopf. Sie besah sich das einzige Foto von Karin in Halbnah: Ihre Augen standen etwas zu eng beieinander, und der Blick war nicht freundlich. Für eine Frau, die Sport trieb, war sie auf allen Fotos zu elegant gekleidet. Eine Aufsteigerin. Aber hatte sich nicht auch Mönkeberg »von ganz unten« hochgearbeitet, wie er Antonia erklärt hatte?

Sie steckte die Fotos wieder zurück in den Umschlag und griff nach der Plastikhülle mit den Presseartikeln. Zwei Hamburger Zeitungen hatten in der Rubrik »Vermischtes« über die Unfälle berichtet. In den Artikeln des Ostsee-Boten und der Inselzeitung waren zudem Fotos der Unfallopfer abgedruckt. Die Kölnerin mit Hund am Strand, ein Urlaubsfoto aus Rügen. Von der Frau aus Potsdam, einer alleinstehenden Krankenschwester, hatte man ein Passfoto abgedruckt. Beide Frauen wirkten nicht besonders glücklich. Beide waren Ende vierzig, und scharfe Falten zogen sich von den Mundwinkeln in Richtung Kinn hinab.

Der Juli, so die Zeitungen, war ungewöhnlich regnerisch gewesen. An beiden Tagen, an denen die Unfälle passierten, hatte der Wind so aufgefrischt, dass an den Stränden die rote Flagge gehisst wurde. Der Strand unter dem Kliff war mit Gesteinsbrocken übersät gewesen. Die Artikel gaben zwischen den Zeilen zu verstehen, dass die Frauen ihren Tod selbst verschuldet hatten. Vor allem der Touristin aus Potsdam machte man in einem Kommentar heftige Vorwürfe, denn der Strand war schon nach dem ersten Vorfall abgesperrt worden. Karin Mönkebergs Tod wurde besonders ausgiebig kommentiert, denn die Mönkebergs waren als Eigentümer eines Ferienhauses Dauergäste auf der Insel. Die Inselzeitung brachte einen langen Artikel mit einem Foto von Karin vor ihrem Anwesen. Sie trug einen Rollkragenpullover, Jeans und teure Krokostiefel, die ihr bis über die Knie reichten.

»Die Gattin von Peer Mönkeberg, der vor drei Jahren die Renovierung der hiesigen Kirche mit einer großzügigen Spende unterstützt hat, starb tragischerweise ganz in der Nähe des sogenannten Opfersteins. Sie hatte sich für diesen Stein interessiert und wollte ihn für den Garten ihres Ferienhauses erwerben. Dies führte seinerzeit zu Kontroversen im Gemeinderat. Heftiger Widerstand kam aus der örtlichen Naturschutzgruppe. Ihr Sprecher, Björn Kvelsen, sprach vom Ausverkauf der Natur und drohte mit Protesten, falls die Gemeinde einwilligen sollte.«

Man hatte ein Foto des großen Findlings abgebildet. Seine prominente Rolle wurde durch die kleineren Steine, die sich um ihn gruppierten wie Junge um das Muttertier, verstärkt. Dem Betrachter musste die Absicht Karin Mönkebergs, den einzelnen Stein für ihren Rasen zu verwenden, durch dieses Foto geradezu anstößig vorkommen. Am Ende der Seite fand Antonia noch eine von Mönkeberg unterstrichene Stelle:

»Frau Mönkeberg wurde in diesem Zusammenhang mehrfach von dem arbeitslosen Armin Brunske, einem ehemaligen Offizier der Nationalen Volksarmee, bedroht und nach Aussagen ihres Gatten mit nächtlichen Telefonanrufen belästigt. Die Mönkebergs haben daraufhin Anzeige gegen Brunske erstattet.«

Antonia besah sich das Foto noch einmal genauer. Der große Findling in der Mitte musste der Opferstein sein. Es handelte sich um den Stein, der ihr am Nachmittag aufgefallen war und der wie eine Art Tisch aus dem Meer ragte. In der Gemeinde war also vor den Unfällen ein Streit um ihn entbrannt. Dass dieser Brunske die Mönkeberg belästigt hatte, warf natürlich kein gutes Licht auf ihn.

In diesem Moment läutete neben ihr das Telefon. Erschrocken hob sie ab.

»Ja, Babe.«

Es war ihre Wirtin, die sich für die Störung entschuldigte und fragte, ob sie zum Frühstück ein gekochtes Ei oder lieber Rührei wünsche. Antonia wünschte sich Rührei. Dann rief sie ihre Freundin Gesine in Hamburg an, um mit ihr in ein halbstündiges Gespräch zu versinken. Als Gesine von Antonias Kliffabenteuer hörte, machte sie der Freundin heftige Vorwürfe. Antonia musste ihr versprechen, ihre Exkursion nur in Begleitung zu wiederholen.

2

Am anderen Morgen machte sich Antonia auf den Weg, um sich Einsicht in den Polizeibericht zu verschaffen. Sie verzichtete wegen des strahlend blauen Himmels auf das Auto und ging stattdessen zu einem Fahrradverleih in der Nähe ihrer Pension.

Mit der Angestellten plauderte sie über das wechselhafte Wetter und lenkte dann das Gespräch auf die Unfälle. Die Frau zählte bedächtig das Geld nach, das Antonia auf den Tisch des Büros gelegt hatte. Dann schrieb sie eine Quittung und reichte sie Antonia herüber. Antonia glaubte schon, sie wollte nicht über die Unfälle sprechen, aber nachdem sie ihren Quittungsblock verstaut hatte, schaute die Frau hoch und nickte.

»Ja, das war tragisch. Und dann noch drei auf einmal. Jetzt fahren kaum noch Leute zum Kliff. Meinem Mann und mir ist das recht. Der Weg ist so schlecht, und wir haben dann immer den Ärger mit den Rädern.«

»Dann hatten die Unfälle doch auch ihr Gutes!«, bemerkte Antonia sarkastisch.

Die Frau mit dem gebräunten Gesicht sah sie misstrauisch an. Dann schob sie ein schwarzes Damenrad mit Siebengangschaltung in Antonias Richtung.

»Eine Frage hätte ich noch. Hat Frau Mönkeberg, Sie wissen schon, die Dame aus Hamburg, hat sie auch schon mal bei Ihnen ein Rad gemietet?«

Drinnen im Büro läutete das Telefon.

»Die doch nicht! Die war dafür viel zu fein. Die fuhr nur in ihrem Jaguar durch die Gegend. Denn mal gute Fahrt, ich muss rein, Kundschaft.«

Antonia radelte, ein Lied summend, zur Polizeistation und meldete sich auf der Wache bei dem diensthabenden Beamten, einem mageren jungen Mann mit strohigem Haar. Mit verschlossener Miene hörte er sich Antonias Bitte um Einsicht in den Untersuchungsbericht an.

»Wir geben hier nichts an die Presse. Vielleicht haben Sie bei den Kollegen in Stralsund mehr Glück. Die Zeitungen haben ja genug über die Fälle berichtet. Was wollen Sie denn nun noch schreiben?«

Antonia, von seinem unfreundlichen Ton unbeeindruckt, blieb hartnäckig.

»Wer ist denn hier Ihr Vorgesetzter?«

»Polizeihauptkommissar Klenke ist im Wagen unterwegs. Den können Sie erst wieder morgen früh erreichen. Ich schreibe Ihnen seine Nummer auf!«

Der Beamte schob ihr einen Zettel mit der Telefonnummer über den Tisch und wandte sich dann wieder seinem Bildschirm zu, so als sei sie gar nicht anwesend.

»Und wenn ich ihn heute noch sprechen muss?«

»Woher soll ich das wissen, wann der Kollege wieder reinschaut. Da müssen Sie ihn schon selbst anrufen!«, antwortete der dröge junge Mann gedehnt, ohne noch einmal aufzuschauen.

Antonia verkniff sich eine Bemerkung, sagte stattdessen: »Dann vielen Dank für die Auskunft«, und ging hinaus. Langsam schlenderte sie die Straße hinunter und kaufte sich an einem Kiosk ein Eis.

Von der Idylle ihres Feriendorfes war hier in der Inselmitte nichts zu spüren. Sie sah auf die belebte Kreuzung mit ihrem kontinuierlichen Strom an Autos. Statt auf putzige Reetdachhäuser, wie an der Küste, fiel der Blick hier nur auf riesige Einkaufszentren und Parkplätze. Als sie gerade mit dem Fahrradschloss kämpfte, um die Rückfahrt anzutreten, sah sie, wie ein Polizeiauto um die Ecke bog und in den Hof der Wache fuhr. Sie lief hinter dem Wagen her, und als der Beamte hinter dem Steuer die Scheibe herunterließ, zeigte sie ihm ihren Presseausweis. Polizeihauptkommissar Klenke stieg aus und schob sich die Mütze ins schüttere Haar.

»Ist das heute warm, was?« Dann musterte er Antonia wohlgefällig. »Im Moment habe ich keine Zeit für Sie, Frolleinchen!«

Antonia überhörte das »Frolleinchen« und lächelte ihn an.

»Und später? Es ist nämlich dringend!«

»Rufen Sie mich doch so gegen sechs Uhr wieder an. Dann habe ich Dienstschluss. Wo wohnen Sie denn?«

Sie nannte ihm den Namen der Pension.

»Dann können wir doch zusammen etwas essen, wenn Sie möchten. Bei einem Bier lässt sich doch über vieles leichter reden!«

Antonia schlug ihm die »Reuse« vor, und Klenke war einverstanden.

Sie war etwas früher als verabredet im Lokal und fragte Olaf nach Armin Brunske, dem Ex-NVA-Offizier, über den sie in der Zeitung gelesen hatte.

»Kommt der auch schon mal in die ›Reuse‹?«

»Ja, immer wenn er sein Hartz IV kriegt, kommt Brunske und bestellt hier zur Feier des Tages Champagner und die Karte rauf und runter …«

Antonia entschuldigte sich für ihre Dummheit. Die »Reuse« gehörte zu den teuren Restaurants der Insel.

Olaf winkte ab. »Aber auch wenn er mehr Kohle hätte, würde der nicht kommen. Er ist ein Einzelgänger und hat mit fast allen Leuten hier Krach. Nur Björn Kvelsen, unser Naturschützer, darf sein Grundstück betreten.«

»Ich wollte morgen mal bei Brunske vorbeigehen!«

»Dann aber bitte nur mit kugelsicherer Weste! Der ballert nämlich immer auf seinem Grundstück herum und macht damit die ganze Nachbarschaft verrückt!«

»Wer ballert hier?«

Klenke war an Antonias Tisch getreten und ließ sich neben ihr nieder.

Olaf musterte Klenke erstaunt. »Die Ordnungsmacht in Zivil? Was sacht denn deine Frau, Hannes, wenn du hier mit unserem hübschen Gast rummachst?«

»Die Polizei macht keinen Feierabend. Ich bin vierundzwanzig Stunden im Dienst. Die junge Dame hier braucht Informationen. Bring mir mal ein Pils!«

Antonia lächelte und kam gleich zur Sache, als Olaf hinter der Theke verschwand.

»Ich hätte da eine Frage, Herr Kommissar: Warum war die Kripo aus Stralsund hier?«

»Bei schwierigen Fällen arbeitet unsere Kripo in Bergen mit denen zusammen. Die kamen mit der Staatsanwaltschaft, und die sitzt nun mal aufm Festland. Man hat dort die medizinische Untersuchung der Leichen angeordnet. Wir können bei solchen Unfällen ja nicht ausschließen, dass jemand die Natur als Vorwand benutzt.«

»Aber die Analyse der Umgebung hätte doch sicher Hinweise auf ein Gewaltdelikt ergeben?«

»Spuren im Sand? Wissen Sie, wie viele Fuß- oder Sohlenabdrücke man dort findet? Und dann bei dem Wind, den wir hatten. Etliches hat die Flut auch weggewischt! Der Strand da unten ist ja sehr schmal und bei höherem Wasserstand fast bedeckt. Die Opfer lagen halb im Wasser, als man sie gefunden hat.«

»Also ist die Polizei ganz sicher, dass ein Steinschlag die Todesursache war?«

»Ja, alle Personen hatten schwere Kopfverletzungen. Und im Labor ist festgestellt worden, dass der Stein, der jeweils den Tod verursacht hatte, also der mit dem Blut …« Klenke nieste und schnäuzte sich ausführlich. »'tschuldigung! Der Stein mit dem Blut dran, also man hat festgestellt, dass der direkt neben den Leichen lag.«

»Und die Steine lagen nicht im Wasser?«

Klenke sah sie misstrauisch an. »Soviel ich weiß, nicht. Das war das Ausschlaggebende, um Mord auszuschließen. An den Steinen fanden sich außer Blut und Hautabrieb der Opfer keinerlei Spuren. Das wissen die in Stralsund aber besser. Für mich ist der Hergang ganz klar: Der Täter war das Kliff oder der Sturm, wenn Sie so wollen. Auch wenn die Leute hier im Dorf anders reden!«

Klenke wollte nicht weiter mit der Sprache heraus, und Antonia wurde vorsichtig. Für eine Journalistin hatte sie vielleicht schon zu viel kriminalistisches Interesse gezeigt. Sie war erleichtert, als Olaf das Essen brachte, Heilbutt für Klenke und eine Suppe für sie.

Der Kommissar konzentrierte sich von nun an schweigsam auf das Filetieren seines Fischs. Antonia löffelte rasch ihren Eintopf und lehnte sich zurück. Das Lokal war heute Abend fast leer. Nur zwei Tische waren besetzt. Am Tresen stand ein einsamer Mann mittleren Alters, der ab und an, wenn er sein Glas ansetzte, zu ihr und Klenke herüberschielte. Er hatte ein trauriges Gesicht mit stark hängenden Zügen. Sein Anzug wirkte zerknittert, sein Schal billig.

Das Gesicht erinnert mich an die alte Beagle-Hündin von Tante Trixi, dachte Antonia. Klenke hatte inzwischen das Grätenskelett freigelegt und manövrierte es auf seinen Tellerrand.

»Eine Frage hätte ich da noch, Herr Kommissar. Warum heißt der große Findling am Kliff eigentlich Opferstein? Ich habe im Internet gelesen, dass es hier auf der Insel zwar Grabhügel gibt, aber die Opfersteine im Allgemeinen größer und auch nicht so glatt wie die Findlinge da unten sind …«

Sie unterbrach sich, weil sie Klenke auf keinen Fall verraten wollte, dass sie heute am Strand war und die Absperrung ignoriert hatte.

»… also die, die man in der Zeitung abgebildet hat!«

»Der Stein hieß hier schon immer so. Warum, kann ich Ihnen nicht sagen. Da müssen Sie einen Heimatforscher fragen. Björn Kvelsen wird das wissen. Die kleinen Steine mit den Löchern in der Mitte werden hier bei uns zum Beispiel Hühnergötter genannt. Warum, weiß ich auch nicht!«

Klenkes Handy klingelte.

»Vielleicht, weil man dort am Findling ganz früher mal was geschlachtet hat, aber Genaues weiß ich nicht!« Er sah auf das Display und seufzte. »Meine Frau! Ja, Schatz! Ich komme gleich!«

Sein Gesicht bekam einen gehetzten Ausdruck. Rasch trank er den letzten Schluck Bier und stand auf.

»Ich muss los. Die Familie! Die Kollegen aus Stralsund haben sicher noch mehr an Infos. Ich hoffe, ich konnte Ihnen helfen. Hier ist meine Karte. Rufen Sie mich an, wenn Sie noch Fragen haben. Bekomme ich denn auch ein Exemplar?«

»Von was?«, fragte Antonia verdutzt.

»Na, wenn Ihr Artikel erscheint?«

»Ach so, natürlich!« Dann fügte sie kess hinzu: »Mit Widmung!«

Antonia war es unangenehm, dass sie Klenke gegenüber nicht

die Wahrheit gesagt hatte. Die Leute hier waren nett und entgegenkommend. In ihrem Job musste sie oft bei der Recherche lügen oder Betroffenheit heucheln, wenn sie wollte, dass man ihr Informationen gab. Dabei war sie noch lange nicht so abgebrüht wie Freese, ihr Chef. Dem war jedes Mittel recht, um an Informationen zu kommen, und die Befragten waren ihm dabei egal.

Sie sah durchs Fenster, wie Klenke draußen zu seinem Wagen stürzte. Sie selbst hatte jetzt noch keine Lust auf ihr Pensionszimmer und bestellte sich bei Olaf noch ein Glas Weißwein.

Olaf kommentierte den Abgang des Kommissars mit Häme: »Mutti ruft! Bei Hannes hat die Frau das Sagen!«

Dann reckte er seinen Hals und rief einem eintretenden Gast zu: »Hallo, Björn, welch seltener Gast in unserer Mitte!«

Ein gut aussehender Mann, Anfang vierzig, war hereingekommen. Er trug eine abgetragene grüne Barbour-Jacke, Cordhosen und Gummistiefel. Sein gebräuntes Gesicht fiel aus dem kleinbürgerlichen Rahmen, der im Restaurant vorherrschte.

Antonia nahm aus dem Augenwinkel wahr, wie der Beagle-Mann an der Theke bei Olafs Kollegin zahlte und das Lokal mit gesenktem Kopf verließ. Olaf schien jetzt ganz in seinem Element:

»Antonia, darf ich vorstellen? Das ist Björn Kvelsen, Wessi wie du, lebt aber schon länger hier und kennt hier jeden Stein, was, Björn? Björn, das ist Antonia, Starjournalistin von der Hamburger Rundschau!«

Kvelsen verbeugte sich leicht vor Antonia: »Sehr erfreut!«

Er hatte eine anziehende, dunkle Stimme. Antonia hätte fast ihr Weinglas umgestoßen, so eingenommen war sie. Sie fing sich jedoch rasch wieder.

»Herr Kvelsen, ich arbeite gerade an einem Artikel über die Gegend und hätte da ein paar Fragen. Wären Sie so nett, sich zu mir zu setzen? Ich bin das erste Mal auf Rügen, wissen Sie!«

Kvelsen nahm ihr gegenüber Platz. Seine Jacke behielt er an, so als ob er nicht lange bleiben wolle.

»Fragen Sie nur!«

»Sie will was über das Kliff wissen«, mischte sich Olaf wieder ein, als er ein Bier vor Kvelsen stellte. »Unser Björn hier, der weiß Bescheid!«

Auf Antonias Frage nach dem Opferstein erklärte Kvelsen ihr, dass es sich wahrscheinlich um eine Übertragung der Bezeichnung handele.

»Man hat in Deutschland immer wieder große Steine als Altäre aufgefasst. Vor allem wenn sie in Verbindung mit Gräbern vorkamen. Unten am Kliff hat man aber nie ein Grab gefunden. Vielleicht wurden zu diesem Findling Opfergaben wie Getreide oder Früchte gebracht, oder man hat dort Tiere geschlachtet –«

»Das denkt Kommissar Klenke auch«, fiel ihm Antonia ins Wort.

»Sie haben mit Klenke gesprochen?«, fragte Björn erstaunt.

»Ich komme wegen der Unfälle am Kliff!«

Björn sah sie unverwandt an. Dann lehnte er sich zurück. Seine Stimme bekam einen metallischen Klang.

»Es wäre besser, es würde Gras über diese Sache wachsen. Sie hat dem Dorf und einigen Menschen hier sehr geschadet! Es ist schon genug darüber geschrieben worden.«

Antonia wurde unruhig. Sie konnte diesem aufregenden Mann unmöglich erzählen, dass sie für Peer Mönkeberg recherchierte.

»Ich hätte da eine allerletzte Frage: Ich habe gelesen, dass Karin Mönkeberg diesen speziellen Stein für ihr Anwesen wollte. Sie haben sich damals sehr dagegen ausgesprochen!«

Björn trank bedächtig einen Schluck Bier.

»Ja, das ist eine lange Geschichte. Die Mönkebergs haben sich von Anfang an hier nicht gerade bescheiden aufgeführt. Zuerst haben sie das Grundstück für Peanuts bekommen, dann haben sie dort gebaut und sich nicht an die Auflagen gehalten. Das Haus ist höher als die Nachbarhäuser, und es liegt näher am Bodden. Dann die Sache mit dem Stein. Die Mönkeberg wollte ihn als Dekoration für ihre Terrasse.«

Björns Stimme wurde lauter. »Man stelle sich das einmal vor, der Stein liegt dort vielleicht seit Tausenden von Jahren, und so eine Dame aus Kiel will ihn als Spielzeug haben …«

»Hamburg!«, wandte Antonia ein.

»Wie bitte?«

»Die Mönkebergs stammen aus Hamburg!«

»Richtig!«

Björn war eine Sekunde lang etwas verwirrt, gewann aber sofort seine ruhige Haltung wieder.

»Verzeihung, ich habe mich versprochen. Aus Kiel stamme ich nämlich selbst!«

Olaf ließ sich vom Tresen vernehmen. »Eine Kieler Sprotte, unser Björn. Darf ich euch noch etwas bringen?«

Björn lehnte ab. »Ich drehe noch eine Runde vor dem Schlafengehen. Es wird bald regnen!«

Er legte das Geld für Olaf neben den Bierdeckel und verbeugte sich wieder leicht vor Antonia.

»Wir laufen uns sicher noch über den Weg. Bis dahin!«

Antonia, hin- und hergerissen zwischen Bedauern und Erleichterung darüber, dass er schon ging, rief, kaum dass sich die Tür hinter ihm geschlossen hatte, Olaf herbei und fragte ihn flüsternd, wo Björn wohne, was er mache und ob er Familie habe.

»Björn hat hier jahrelang mit seiner Mutter gelebt. Aber die habe ich schon lange nicht mehr gesehen. Vielleicht ist sie tot. Er lebt von seinem Erbe. Reiche Kieler Familie!«

Olafs Stimme nahm einen rührseligen Ton an: »Und er wohnt ganz allein in dem roten Haus am Ende der Straße, Richtung Campingplatz, der Arme! Ganz allein. Hinter einer Dornenhecke. Und er wartet darauf, wach geküsst zu werden.«

Antonia knuffte Olaf in den Arm. »Verarsch mich nicht! Was macht er denn so den ganzen Tag?«

»Er geht wenig aus. Deswegen war ich auch erstaunt, dass er heute Abend hier auftaucht. Er tut viel für den Naturschutz und holt immer mal wieder Künstler auf die Insel. Orgelkonzerte, Ausstellungen und so.«

Antonia trat ein wenig benommen auf die Dorfstraße. Der Mond stand fast senkrecht über dem Bodden und tauchte das Wasser in eine silberne Helle. Langsam schob sich eine tiefschwarze Wolke vor sein Halbrund. Sie ging ein Stück die Straße hinunter und sah zu Björns Haus hinüber. Ein Fenster im ersten Stock war erleuchtet. Sie drehte um und ging ein zweites Mal an seinem Haus vorbei. Das Licht brannte noch immer. Dann ging auch in einem der unteren Räume das Licht an. Sie meinte, Björn hinter dem Fenster zu sehen. Ihr Herz klopfte schneller, und sie ging mit großen Schritten zu ihrer Pension zurück. Beschwingt nahm sie die Treppe in ihr Mansardenzimmer unter dem Reetdach.

Ihre Arbeit auf der Insel hatte vielleicht auch angenehme Seiten. Kurz bevor sie einschlief, fiel ihr der Mann mit dem Beagle-Gesicht ein. Er hatte immer wieder zu ihr herübergestarrt. Olaf kannte ihn bestimmt. Beim nächsten Besuch in der »Reuse« durfte sie nicht vergessen, ihn nach dem Gast zu fragen.

In der Nacht wurde Antonia vom Geräusch des Regens wach. Es goss in Strömen. Sie lag lange wach und dachte an Björn. Was für eine eindrucksvolle Erscheinung. Sie musste ihn unbedingt wiedersehen. Ihre Gedanken wanderten zu ihrer großen Liebe Pierre, den sie vor drei Jahren durch einen Unfall verloren hatte. Er war mit einem Motorrad durch Spanien gefahren, in dem Sommer, als sie zu Hause in der gemeinsamen Wohnung für ihr Diplom büffelte. Antonia krümmte sich unter der Bettdecke, als die Erinnerung hochkam. Der Schock, als man sie aus Spanien anrief.

Seitdem war sie keine Bindung mehr eingegangen. Sie hatte im folgenden Wintersemester ihren Abschluss mit »sehr gut« gemacht und dann monatelang als Kellnerin, Verkäuferin und Kindermädchen gejobbt, bis sie sich auf eine Annonce der Detektei »Findevogel und Freese« bewarb. Ihr Chef, Klaus Freese, von den Frauen im Büro nur »das Frettchen« genannt, hatte sie auf Anhieb genommen. Er versuchte mit ihr zu flirten, aber Antonia konnte ihn nicht ausstehen. Er war immer schlecht gelaunt und kritisierte seine Mitarbeiter, wo er nur konnte. Antonia war froh gewesen, als sie den Mönkeberg-Fall übernehmen konnte. So konnte sie das Büro eine Zeit lang verlassen.

Langsam drehte sie sich auf die andere Seite und lauschte auf den Regen. Ob sie Björn auch gefallen hatte? Er hatte sich jedenfalls nichts anmerken lassen. Ihre Begegnung war viel zu kurz gewesen. Dann schob sie eine Hand unter das Kopfkissen und schlief wieder ein.

3

Am nächsten Tag regnete es noch immer heftig. Antonia lieh sich bei ihrer Wirtin einen Schirm und ging zu Fuß zum Ferienhaus der Mönkebergs. Sie schritt einmal um das Haus herum, bevor sie die eichene Eingangstür öffnete und den Flur betrat.

Ein Geruch nach schwerem Parfüm, einem Gemisch aus Patschuli und Sandelholz, lag in der Luft. Antonia entdeckte bald die Quelle. Auf allen Fensterbänken standen Flaschen mit Duftölen. Der weiße Granitfußboden des Flurs war makellos sauber, und die Küche wirkte so, als sei sie noch nie benutzt worden. Im Kühlschrank befanden sich zwei Flaschen Veuve Clicquot und einige Dosen Kaviar.

Was braucht der Mensch auch mehr, dachte Antonia und wandte sich den Schränken zu. Zwölf-Personen-Gedecke, silberne Bestecke und teure Gläser, alles schien wie neu. Das ganze Haus war voll mit Deko-Plunder der neunziger Jahre, orientalische Lampen und Mosaiktische, durchsichtige Vorhänge und bunte Teppiche in einem ungeordneten Nebeneinander.

Solche Häuser wurden in Immobilienanzeigen gerne mit dem Attribut »Mediterraner Stil« beworben. Alles atmete die Biederkeit von Leuten, die zu Geld gekommen waren, aber keinen Geschmack hatten.

Eine breite Granittreppe führte nach oben zu drei Schlafzimmern und zwei Marmorbädern. In einem der Bäder hing ein schwarzer Satinmantel. Antonia nahm ihn ab und besah sich das Etikett. Kyrillische Buchstaben, offenbar in Russland erstanden. Auf der Ablage des Waschtischs eine Batterie teurer Parfüms. Mönkeberg hatte alles so gelassen, als ob seine Frau noch lebte.

Im Ankleidezimmer öffnete sie die leise schwingenden Schiebetüren der Einbauschränke. Sie quollen über von Designerware. Im Schuhregal an der Wand stand eine Reihe von Damenstiefeln. Ihr gemeinsames Merkmal war, dass sie alle hohe Absätze und die extrem spitze Form hatten, die inzwischen aus der Mode gekommen war.

Antonia entdeckte auch das Paar aus Krokoleder, das Karin auf dem Zeitungsfoto trug. Was hatte sie wohl am Unfalltag getragen? Sie machte sich eine Notiz. Dann ging sie wieder nach unten und trat an die breite Fensterfront zum Boddenmeer.

Hinten am Horizont wurde es wieder hell, der Regen würde bald aufhören. Sie ging noch einmal in die Küche. Mönkeberg hatte ihr gesagt, dass die Putzfrau weiterhin jede Woche komme. Viel zu tun gab es hier nicht.

Auf der Fensterbank standen in Übertöpfen mit der Aufschrift »Kräuter« Basilikum, Minze und Thymian. In dieser Umgebung wirkten jedoch auch die Pflanzen künstlich. Antonia pflückte ein Blättchen Basilikum und hielt es sich unter die Nase. Eine willkommene Abwechslung zum aufdringlichen Parfümgeruch des Flurs. Das Küchenfenster ging auf den Plattenweg, der zum Kliff führte.

Zu ihrer Überraschung sah sie, dass neben dem Eingang des Anwesens ein Auto parkte. Hinter dem Steuer saß ein Mann. Mehr konnte sie wegen des Regens nicht erkennen. Sie sah nur, wie er sich jetzt aus dem Auto wuchtete und mit einem Schirm kämpfte. Der Wind blies immer wieder den Innenteil des Schirms nach außen, und der Mann drehte sich hilflos im Kreis, als könne ein Richtungswechsel das Objekt bezwingen. Es sah vom Fenster aus, als vollführe er eine Art Tanz.

Der mit dem Schirm tanzt, dachte Antonia und musste lächeln. Schließlich gab er auf und warf den verbeulten Schirm in den Kofferraum. Als er um den Wagen bog, sah sie, dass es der Beagle-Mann war. Antonia rannte zur Haustür und ins Freie. Sie musste unbedingt wissen, was er hier suchte. Aber der Mann hatte sie wohl kommen sehen, denn er machte kehrt und lief zu seinem Wagen zurück. Als Antonia das Tor erreichte, bog der schwarze BMW schon um die Ecke in die Dorfstraße ein. Sie konnte das Kennzeichen nicht mehr erkennen.

Langsam ging sie zum Haus zurück. Was wollte dieser Mann? War er vielleicht gestern unten am Kliff gewesen? Eine leichte Angst stieg in ihr auf. Wenn sie ihn noch einmal in der »Reuse« treffen sollte, würde sie ihn ansprechen. Als sie im Haus ihren aufgespannten Schirm aufhob, fiel ihr Blick auf einen großen Blumenkübel mit Spazierstöcken. Aus der Mitte ragten zwei lange schwarze Reitgerten. Karin Mönkeberg war also zum Reiten gegangen. Antonia nahm sich vor, den hiesigen Reiterhof zu besuchen. Möglicherweise hatte die Frau ihres Klienten dort ein Pferd untergestellt. Ihr Mann hatte nichts davon gesagt, aber vielleicht war es ihm nicht wichtig gewesen.

Tatsächlich hörte der Regen gegen Mittag auf. Die Sonne kam hervor und tat so, als sei sie nie weg gewesen. Für Oktober wurde es wieder sehr warm, und Antonia fuhr mit offenem Verdeck in Richtung Rügendamm. Sie hatte einen Termin mit der Pressestelle der Kripo Stralsund gemacht und hoffte, dass sie an einen Ermittler weitergereicht wurde.

In der Stadt fuhr sie in ein Parkhaus und schlenderte durch die Innenstadt. Sie hatte noch etwas Zeit und ging über den Neuen Markt zur Marienkirche. Für den Abend war dort ein Orgelkonzert angekündigt. Antonia hatte von der berühmten Orgel der Kirche gehört und überlegte einen Augenblick, ob sie hingehen sollte. Eine willkommene Abwechslung zu den einsamen Abenden in der Pension Boddensicht. Sie konnte sich jedoch nicht entscheiden und ging zurück zur Ossenreyerstraße. Dort warf sie noch einen Blick auf die Auslagen einer Buchhandlung und kaufte sich einen Roman. Um fünfzehn Uhr dreißig erschien sie pünktlich im Kommissariat.

Der Mann von der Pressestelle hatte den Aktenordner mit den Verlautbarungen zu den Kliffunfällen auf Rügen für sie herausgesucht. Antonia nahm in einem kleinen Warteraum Platz und studierte die Ergebnisse. Keiner der Berichte ging über das hinaus, was sie schon aus den Zeitungen erfahren hatte. Die letzte Pressemitteilung endete mit dem Satz, dass »die Ermittlungen vorläufig eingestellt werden, da sich keine Hinweise auf ein Gewaltdelikt ergeben haben«.

Antonia brachte dem Beamten den Ordner nach einer halben Stunde wieder zurück.

»Das hat mir wirklich sehr geholfen. Aber ich hätte da noch die eine oder andere Frage. An wen könnte ich mich da wenden?«

Der Mann schaute sie freundlich an und schüttelte den Kopf.

»Das ist nicht üblich, wenn wir einen Fall abgeschlossen haben. Es sei denn, es bestände eine familiäre Bindung zu einem der Opfer. Da machen wir schon einmal eine Ausnahme. Aber die Presse muss sich mit dem begnügen, was wir herausgeben. Das müssen Sie verstehen!«

»Frau Mönkeberg war eine enge Freundin meiner Mutter«, log Antonia dem netten Beamten ins Gesicht. »Wir konnten nicht zur Beerdigung, wissen Sie! Und ich möchte alles über ihren Tod erfahren!«

»Frau Mönkeberg eine Freundin Ihrer Mutter?«, fragte ihr Gegenüber gedehnt. »Dann warten Sie mal einen Moment!«

Er stand auf und ging in ein Nebenzimmer. Antonia sah durch eine Glasscheibe, wie er telefonierte. Warum rief er nicht von seinem eigenen Apparat an? Vielleicht hätte ich doch bei der Wahrheit bleiben sollen. Der Beamte trat wieder ein.

»Frau Babe. Ich kann Ihnen die Zimmernummer von Kommissar Klatt geben. Der war mit den Fällen beschäftigt!«

Kriminalhauptkommissar Klatt biss gerade in ein gut belegtes Brötchen, als Antonia sein Zimmer betrat. An den Wänden hingen zwei Suchplakate von Gewaltverbrechern. Dem Schreibtisch gegenüber befand sich eine Pinnwand mit bunten Urlaubspostkarten und dem Kalender einer Bausparkasse.

»'tschuldigung, setzen Sie sich. Ich hatte keine Mittagspause. Immer ist was!«

Antonia erzählte von ihren Recherchen. Klatt hörte anscheinend nur halb hin, weil er sie plötzlich fragte:

»Und Ihre Mutter und Frau Mönkeberg kannten sich? Seit wann denn und wie lange?

Antonia stammelte verdattert etwas von Schulzeit und »aus den Augen verloren«, dann fiel ihr Karin Mönkebergs Golfclub in Hamburg ein.

»... und dann haben sie sich zufällig im Hamburger Golfclub wiedergetroffen! Vor ein paar Jahren!«

»Mhhm, und Ihre Mutter stammt aus Kiel?«

»Nein, wieso?«

»Weil Karin Mönkeberg ursprünglich aus Kiel kommt!«

Eine kleine Pause entstand. Man hörte nur ein Gebrumm von

der Fensterbank, wo eine späte Hummel vergeblich den Weg in die Freiheit suchte.

Antonia ergriff die Flucht nach vorn und fragte unvermittelt, wie lange Karins Leiche am Kliff gelegen habe, bevor man sie fand.

»Etwa anderthalb Tage. Ihr Mann hat sie ja sofort als vermisst gemeldet, als er sie abends nicht erreichen konnte. Dann hat eine Dorfbewohnerin bei der Wache in Baabe angerufen und gemeldet, unten am Kliff liege wieder jemand. Ihre Nachbarin hatte die beiden anderen Frauen nämlich auch entdeckt!«

»Alle drei von derselben Frau? Können Sie mir ihren Namen nennen?«

»Nein, wie käme ich dazu? Sie wurde schon von uns befragt, und Weiteres wollen wir ihr ersparen!«

Klatt schraubte seine Thermoskanne auf und goss sich Tee in einen Becher. »Leider kann ich Ihnen nichts anbieten. Mein Tee ist nur noch lauwarm. Wenn Sie Kaffee wollen, wir haben unten einen Automaten.«

»Nein danke. Aber ich hätte noch eine Frage: Kann man absolut sicher sein, dass alle drei Frauen durch einen Unfall gestorben sind?«

»Absolut sicher kann man nie sein. Aber in zwei Fällen sind wir es. Die ersten beiden Frauen wurden sehr bald nach ihrem Tod gefunden, und die jeweiligen Untersuchungsergebnisse weisen auf Unfalltod hin. Bei Frau Mönkeberg sind wir uns noch nicht ganz im Klaren, was die Todesursache angeht. Da ist die Untersuchung auch nur vorläufig abgeschlossen. Der Stein, der neben ihr lag, stammte nicht vom Kliff. Der Täter, wenn es denn einen gibt, hat ihn aus der Ostsee gefischt. Wir können aber damit nicht an die Öffentlichkeit gehen, Täterwissen, verstehen Sie, und Sie, Frau Babe, sollten auch vorsichtig sein. In Ihrem eigenen Interesse!«

Eine unbehagliche kleine Pause entstand.

Klatt sah sie über seinen Brillenrand hinweg an.

»Wir haben uns schon mit dem Chef Ihrer Detektei in Verbindung gesetzt!«

Antonia erschrak. »Sie wissen …?«

»Ja. Wir haben natürlich Ihre Personalien überprüft, als Sie um den Termin baten. Und Herr Mönkeberg, den wir aus Ermittlungsgründen noch einmal angerufen haben, hat auch bestätigt, dass er Sie beauftragt hat!«

Antonia wurde rot.

Der Kommissar lehnte sich zurück und sah sie milde an.

»Ihr Chef war übrigens nicht begeistert, dass Sie uns angelogen haben. Sie sollten mit uns kooperieren. Also hören Sie gut zu: Falls es kein Unfall war, müssen wir den Täter in Sicherheit wiegen. Und ich würde Ihnen raten, nicht weiter wild auf eigene Faust zu ermitteln. Sie bringen sich womöglich in Gefahr!«

Dann zog er aus dem Haufen Akten auf seiner Ablage eine Mappe.

»Können Sie was vertragen?«

Er hielt Antonia ein Foto von Karin Mönkeberg am Fundort hin. Sie trug einen rosa Jogginganzug, eine weiße Bluse und weiße Turnschuhe und lag zusammengekrümmt am Boden. Im Bildhintergrund war der Opferstein zu sehen. Die nächste Aufnahme zeigte ein Bild aus der Pathologie, eine Nahaufnahme. Karin Mönkebergs Gesicht war grün und blau, die rechte Hälfte ihres Schädels klaffte auf, und das Auge war nicht mehr zu erkennen. Antonia musste sich abwenden.

Die Laborergebnisse hatten in allen drei Fällen Tod durch Schädelfraktur ergeben, die danebenliegenden Gesteinsbrocken hatte die Polizei eingesammelt und außer Haaren, Hautpartikeln und Blut der Opfer nichts an ihnen entdecken können.

Antonia spürte, wie Übelkeit in ihr aufstieg.

Klatt legte die Fotos zurück und schloss mit einem Seufzer die Akte. Als Antonia sich zum Gehen anschickte, bemerkte er, ohne aufzusehen:

»Passen Sie gut auf sich auf. Als wir mit dem Fall Mönkeberg nicht weiterkamen, hat unsere Psychologin uns auf etwas aufmerksam gemacht, was unsere Unfalltheorie erschüttert hat. Alle drei Frauen lagen in der gleichen Position am Strand, zwar an verschiedenen Stellen, aber so, dass bei allen Frauen der Kopf seltsam nach hinten überstreckt war. Ich sage es Ihnen, damit Sie nicht denken, das hier wäre ein Spaziergang ...«

Verstört verließ Antonia das Gebäude und spazierte zum Hafen. Die Gedanken wirbelten in ihrem Kopf herum. Im Café »Stralsund« bestellte sie sich einen Espresso und machte sich Notizen. Dieser Klatt war in Ordnung. Die Polizei wusste so viel mehr als sie. Wie sollte sie in diesem Fall allein weiterkommen?

Verzweiflung stieg in ihr hoch. Als sie sich einen zweiten Espresso bestellte, klingelte ihr Handy. Bestimmt Freese, der ihr die Leviten lesen wollte. Aber es war Gesine, die nach dem Fortgang ihrer Recherchen fragte. Antonia erzählte ihr von ihrem Erlebnis bei der Kripo, und Gesine hielt ihr sofort eine Strafpredigt.

»Man unterschätzt diese Jungs. Du solltest besser kooperieren. Ansonsten machst du dich vielleicht strafbar!«

Antonias Gedanken schweiften ab, als Gesine sich im Weiteren ausführlich über die Hochzeitsfeier einer Bekannten ausließ. Wieso hatte Mönkeberg ihr nicht gesagt, dass die Kripo ihn noch einmal befragt hatte? Der Fall war aus polizeilicher Sicht nicht abgeschlossen. Und man wollte sie vor Ort nicht haben. Sie musste unbedingt herausbekommen, welche Person die Frauen am Kliff gefunden und die Polizei informiert hatte.

»Die Torte schmeckte nach Gips und die Braut sah auch aus wie ein Gipsengel in diesem komischen weißen Kleid. Das müssen wir unbedingt anders machen, wenn es so weit ist …«

Antonia sagte abwesend: »Ja, ja«, und ließ Gesine reden. In Gedanken strich sie das Orgelkonzert am Abend. Sie würde auf die Insel zurückfahren. Es gab zu viel zu tun. Am Abendhimmel zeigten sich rosa Wolken, als das Cabrio über den Rügendamm rollte. Morgen würde ein schöner Tag werden.

Von der Pension aus rief sie Peer Mönkeberg an, um herauszufinden, an welchem Wochentag die Putzfrau in das Ferienhaus kam. Mönkeberg sprach von Samstag. Von der Kripo sagte er nichts.

Dann ging sie – indem sie einen Umweg an Björns Haus vorbei machte – zum Abendessen in die »Reuse«. Als Olaf die Vorspeise abräumte, fragte sie ihn, ob er wüsste, wer die Opfer am Kliff als Erster gefunden habe.

»Ja, klar. Das weiß doch hier jeder. Das war die Fegesack, die alte Hexe. Sie wohnt oben auf dem Hügel, ganz allein. Die Leute im Dorf munkeln, dass sie was damit zu tun hat. Das is nu kompletter Blödsinn, so dürr, wie die ist.«

Noch jemand, den sie morgen besuchen musste. Dann fragte sie Olaf nach dem Mann mit dem Beagle-Gesicht. Er musste ein wenig nachdenken.

»Ach, du meinst den komischen Kauz, der hier ab und an ein Bier trinkt? Der redet mit niemandem. Das ist ein Feriengast. Kommt immer mal wieder. Im September war der auch hier, kurz bevor das mit der Mönkeberg passierte. Aber er spricht nicht viel. Ich weiß noch nicht mal, ob der hier im Ort wohnt!«

Antonia hatte während ihres Gesprächs immer wieder zur Tür geschaut. Dem vorlauten Olaf war das nicht entgangen.

»Björni kommt heute nicht. Die haben Generalprobe für das Orgelkonzert morgen. Da hält er immer die Einführung. Warst du denn schon bei unserem Freund Brunske? Der dreht jetzt nämlich komplett durch, sag ich dir. Gestern läuft der hier stinkbesoffen in seiner alten NVA-Uniform vorbei und singt die Internationale …«

4

Als Antonia anderntags aus der Dusche kam, klingelte ihr Handy. Ihr Display zeigte »Frettchen«. Es war Freese, ihr Chef, und sie musste sich lange Vorhaltungen darüber anhören, dass sie sein seriöses Unternehmen in Verruf gebracht habe.

»Sie können überall lügen, aber nicht bei der Polizei!«

Antonia entschuldigte sich. »Anfängerfehler, Chef! Soll nicht wieder vorkommen!«

Antonia wunderte sich, als sie ihr Handy abschaltete, wie gleichmütig sie bei seiner Schimpfkanonade geblieben war. Es lag vielleicht an der Entfernung von Hamburg. Dies war ihr Fall. Freese hatte keine Ahnung, spielte aber die Chef-Karte aus.

Etwas später parkte sie den Wagen in einigem Abstand zum Haus von Armin Brunske. Alle anderen Häuser im Dorf waren aufgehübscht, aber Brunskes Haus machte den Eindruck, als habe man die letzten fünfzig Jahre nichts mehr daran getan. Die Hausfarbe war von dem eigentümlich schlammfarbenen Graugelb der Häuser aus der DDR-Zeit. An der Garage war ein Schild mit der Aufschrift »Sperrgebiet. Betreten verboten. Gelände der Nationalen Volksarmee« befestigt. Im Garten hing schlaff an einer Fahnenstange die DDR-Flagge.

Antonia atmete tief durch und drückte auf die Klingel am Gartentor. Nichts rührte sich. Vorsichtig öffnete sie das Tor und ging am Haus entlang in den hinteren Teil des Gartens. Von dort wirkte die Fassade noch verwahrloster. Dafür breitete sich unter ihren Füßen statt Rasen oder Wiese eine große, leere Betonfläche aus. Die unteren Fenster des Hauses standen offen. Antonia fasste sich ein Herz und rief zweimal: »Hallo!« Es klang etwas gepresst, und sie rief noch einmal lauter: »Hallo! Ist da jemand?«

Über sich hörte sie ein Knirschen. An der ersten Etage des Hauses klebte ein hölzerner Balkon, von dessen Brüstung zwei Latten lose herunterhingen. Das Ganze machte einen morschen Eindruck. Dann erschien dort oben ein Mann in Unterhemd und

Hosenträgern. Sein Gesicht war da, wo die grau-weißen Bartstoppeln es freigaben, hochrot.

»Wat heißt denn hier hallo? Wer sind Se, wat wollen Se?«

Antonia fasste sich. »Mein Name ist Babe. Ich komme von der Hamburger Rundschau. Ich hätte gern mit Ihnen über Frau Mönkeberg gesprochen. Hätten Sie vielleicht einen Moment Zeit für mich?«

Das Gesicht des Mannes verfärbte sich um einen Ton dunkler.

»Machen Se, det Se wechkommen. Ich habe nüscht zu tun mit dieser Bande, und mit euch Wessi-Tussen red ich sowieso nich. Und nu machen Se, det Se von mein Jrundstück kommn!«

Bei seiner Rede griff er neben sich und schob ein Luftgewehr über die morsche Brüstung.

»Herr Brunske, seien Sie nicht albern. Wir können uns doch wie zivilisierte Menschen unterhalten …«

Ein Schuss löste sich aus dem Luftgewehr. Brunske hatte an ihr vorbei gegen die hintere Garagenwand geschossen. Antonia sprang erschrocken zurück. Im Haus ging ein ohrenbetäubendes Gebell los. Offenbar war Brunskes Hund von dem Schuss geweckt worden. Der Mann schoss jetzt ein zweites Mal. Er schien außer sich. »Mich kriecht ihr nich noch eenmal dran! Schweinebande! Schon jar nicht wejen dieser Nutte!«, schrie er.

Diesmal schoss er in die Luft. Antonia lief über den mit Unkraut bewachsenen Weg zurück auf die Straße. Olaf hatte recht, der Mann war nicht ganz bei Trost. Einen Augenblick dachte sie daran, Kommissar Klenke anzurufen, aber dann verwarf sie den Gedanken. Womöglich wäre ihr der Zugang zu Brunske dann ganz versperrt.

Sie fuhr ins Dorf zurück und nahm einen Umweg in Kauf, damit sie an Björn Kvelsens Haus vorbeifahren konnte. Er schien nicht da zu sein. Das Garagentor stand offen, und die Garage war leer. Antonia fuhr weiter in Richtung Campingplatz und bog in die Einfahrt des Reiterhofs ein. Eine stämmige junge Frau führte auf der Wiese ein Pony mit einem kleinen Jungen im Sattel im Kreis herum. Die Mutter des Kleinen sah gelangweilt zu und rauchte. Vom Reitplatz her hörte man das Kommando »Te-rrrab«. Eine kleine Gruppe von Kindern hatte dort Reitstunde.

Antonia wartete ab, bis die Stunde zu Ende war. Alle Kinder saßen ab und führten stolz ihre Pferde zu den Boxen zurück. Die Reitlehrerin verließ als Letzte den Platz. Antonia ging mit ihr ins Büro.

»Ich bin eine Bekannte der verstorbenen Frau Mönkeberg. Sie hatte ein Ferienhaus hier im Dorf. Ist sie auch hier geritten?«

»Nicht dass ich wüsste! Der Name sagt mir nichts. Ich frag mal die Kollegin!«

Aber auch das stämmige Mädchen hatte den Namen Mönkeberg noch nie gehört.

»Gibt es hier in der Nähe denn noch andere Reiterhöfe?«

»Ja, aber ziemlich weit weg. Der nächste ist dreißig Kilometer weg. Und wenn sie ein eigenes Pferd gehabt hätte, dann hätte sie es bestimmt bei uns untergestellt.«

An der Tür des Büros hingen ein paar Zettel und kleinere Plakate mit Veranstaltungshinweisen. Abends sollte in der Kirche des Nachbardorfes das Orgelkonzert stattfinden, von dem Olaf gesprochen hatte. Unter dem Namen des Interpreten und der Stücke stand der Hinweis »Einführung von Björn Kvelsen«.

Antonias Herz machte einen Sprung. Sie vereinbarte mit der Stämmigen eine Einzelstunde für die kommende Woche. Etwas Sport würde ihr guttun.

Mit der Aussicht auf ein Wiedersehen mit Björn ging sie beschwingt zu ihrem Wagen zurück. Heute stand noch Frau Fegesack auf ihrem Programm. Dann würde sie sich einen freien Nachmittag genehmigen und nach Binz oder Sellin fahren.

Olaf hatte ihr den Weg zu Frau Fegesacks Haus beschrieben. Es lag abseits vom Dorf in einem Waldstück. Der Weg schlängelte sich einen Hügel hoch. Auf einer großen Wiese vor dem Wald stand Vieh. Antonia fuhr etwas langsamer, um das Warnschild mit der Aufschrift »Jungbullen! Gatter geschlossen halten! Lebensgefahr!« zu lesen. Dann ging es noch ein Stück durch den Wald, bis nach einer weiteren Wegbiegung das graue Dach eines Hauses zwischen den Bäumen zu sehen war.

Sie parkte den Wagen, um zu Fuß weiterzugehen. Der Weg machte noch einmal eine Biegung, aber nach zweihundert Metern war er plötzlich zu Ende. Antonia verschlug es den Atem.

Eine Art Wall aus allen möglichen Teilen, alten Stühlen, Geschirr, ausgeblichenem Treibholz, Ästen und zerborstenen Planken verhinderte den Durchgang. Die Zwischenräume waren mit Lumpen und alten Kissen ausgestopft. Sogar zwei kleine Tierskelette konnte Antonia erkennen. An manchen Stellen hatten Moos und Pilzbewuchs dem Ganzen einen farbigen Überzug gegeben. Langsam ging sie um den Wall herum. An einigen Stellen war die Hecke eingefallen, an anderen etwa eineinhalb Meter hoch. Sie zog ihre Kamera aus der Jackentasche und begann zu fotografieren.

Das war Landschaftskunst, was Frau Fegesack hier gestaltet hatte, und niemand schien davon zu wissen. Dann erinnerte sie sich an ihren Auftrag und versuchte, auf Zehenspitzen stehend, über die Hecke zu schauen. Sie rief den Namen der Bewohnerin, aber nichts außer dem Gegacker von Hühnern war jenseits des Walls zu hören. Es musste irgendwo einen Zugang geben. Sie ging zurück und versuchte das Haus weiträumiger zu umgehen. An einer Stelle standen die Buchen sehr dicht, nur dämmriges Licht fiel zwischen die Stämme. Antonia drehte sich erschrocken um, als sie hinter sich ein Knacken von dürren Zweigen hörte. Neben einem Baumstamm erschien kurz das Gesicht einer alten Frau, um im nächsten Augenblick wieder zu verschwinden.

»Frau Fegesack, sind Sie es?«

Antonia merkte, dass ihre Stimme klein und ängstlich klang. Hinter dem Baum kam ebenfalls eine nur gelispelte Antwort hervor:

»Ja!«

Antonia machte ein paar Schritte in Richtung des Baums. Frau Fegesack trug ein schwarzes Kopftuch. Ihr Gesicht war braun und verwittert und ähnelte einer Walnuss. Ihre runden Kinderaugen schauten halb ängstlich, halb neugierig. Dann drehte sie sich um und winkte Antonia zu, ihr zu folgen. Antonia ging hinter ihr her, bis sie zu dem Wall kamen.

Die alte Frau schob an einer Stelle ein paar Zweige zur Seite, bückte sich und kroch durch eine halbhohe Öffnung. Antonia kroch hinterher. Drüben angekommen, schien Frau Fegesack ihre

Fassung wiedergewonnen zu haben. Sie ging mit flinken Schritten zum Haus und winkte Antonia erneut.

»Kommen Sie, kommen Sie nur! Wollen Sie einen Tee?«

Die Haustür stand offen, und Hühner spazierten vor der Tür im Sand. Einige von ihnen pickten auch im Hausflur, denn die Besitzerin hatte ihnen auch drinnen Futter gestreut. Auf der Fensterbank lag eine Katze in der Sonne und blinzelte Antonia müde an. Drinnen, im Halbdunkel der Küche, bot sich ihr ein Chaos aus alten Zeitungen, Hühnerfutter, Dosen und Kartons dar. Von der Decke hingen Schnüre mit getrockneten Pilzen und Bunde getrockneter Kamille. Vor dem Ofen lag ein Haufen aus gebleichtem Treibholz, und auf dem Küchentisch, der wie eine Insel aus dem Chaos ragte, lagen haufenweise Haselnüsse. Antonia hatte unten am Kliff viele Büsche gesehen, Frau Fegesack hatte dort offenbar reiche Ernte gehalten.

Die alte Frau schob einen Stapel Papier von einer Eckbank und bat Antonia, Platz zu nehmen.

»Frau Fegesack, ich habe mich noch gar nicht vorgestellt. Ich bin Antonia Babe und mache hier Ferien!«

Die alte Frau stellte eine verbeulte Thermoskanne und eine Tasse vor sie hin.

»Bedienen Sie sich, Pfefferminztee! Zucker kann ich Ihnen leider nicht anbieten!«

Antonia fragte nach dem Sinn der Hecke, und Frau Fegesack, die zwischendurch immer wieder einmal abwesend wirkte, erzählte ihr, dass sie gerne allein sei und die Leute im Dorf sie immer abgelehnt hätten. Dann seien die Schießereien losgegangen, und dann habe sie die Hecke gebaut. Antonia erinnerte sich, dass hinter dem Haus vor der Wende das Sperrgebiet der NVA anfing. Sie rechnete sich aus, dass Frau Fegesack mithin schon dreißig Jahre an diesem Wall gebaut haben musste.

»Und Sie haben hier die ganze Zeit allein gelebt? Mitten im Wald?«

»Nein, nicht allein. Mit meinen Tieren. Die Katze, die Hühner und die Ziege!« Ein Lächeln huschte über das runzelige Gesicht. »Die haben immer gesagt, ich halte nicht durch. Aber ich hab hier alles! Ziegenmilch, Eier, Pilze, alles.«

»Wunderbar! Sie sammeln also Pilze?«

Antonia ließ sich geduldig alle Pilzarten der Gegend erklären und kam dann auf das Kliff zu sprechen.

»Am Kliff wachsen doch keine Pilze. Ich habe aber im Dorf gehört, dass Sie es waren, die die toten Frauen gefunden hat!«

»Jawoll!«

Frau Fegesack schaute auf. Ihre Augen leuchteten stolz. »Ich hol da unten immer Gras und Kräuter. Die mag meine Mine so gern. Und die Milch schmeckt auch danach, sage ich Ihnen. Das Gras von hier oben mag sie nicht. Sie werden es nicht glauben, lieber frisst sie gar nichts. Immer muss es das von der Wiese unten sein. Ja, meine Mine ist schon ein verwöhntes Aas. Und dann hatte es auch gestürmt. Da schwemmt die See immer viel Holz an. Da bin ich runter, und da hab ich sie liegen gesehen und bin sofort zu Käte, die hat Telefon, damit sie einen Arzt ruft. Aber dann ist die Polizei gekommen!«

»Sie haben die Frauen gesehen und sind dann immer gleich zu Käte?«, wiederholte Antonia. »Darf ich fragen, wo die wohnt?«

»Das sind doch die mit den Bullen. Das Haus unten, den Weg den Hügel runter. Einmal ist einer von den Bullen ausgerissen, aber an meiner Hecke hat er haltmachen müssen, da konnte er nicht weiter!«

Wieder sprach Stolz aus ihren Worten.

»Und Sie haben dort unten am Kliff nie etwas bemerkt, wenn Sie die Frauen entdeckt haben? Es war kein anderer Mensch dort?«

Die alte Frau kicherte. »Ich geh immer sehr früh. So um fünfe. Da ist da unten noch keiner!«

»Von wo aus haben Sie die Leichen denn entdeckt?«

»Von oben! Runtergegangen bin ich nur bei der ersten. Ich dachte, da liegt jemand und schläft. Aber als ich merkte, dass die tot war, bin ich schnell weggelaufen.«

Antonia trank den Tee aus und fragte, ob sie wiederkommen dürfe, wenn sie noch Fragen habe. Und ob Frau Fegesack etwas aus dem Dorf brauche, sie wolle es ihr beim nächsten Mal mitbringen. Frau Fegesack dachte nach. Dann senkte sie verschämt den Kopf.

»Ich mag gerne Geleefrüchte. Die mit dem vielen Zucker drauf.«

Antonia versprach, sie zu besorgen. Frau Fegesack – offensichtlich beglückt durch diese Aussicht – führte sie eifrig zum Ausgang ihres Schutzwalls. Als Antonia auf der anderen Seite hinaus kroch, rief Frau Fegesack noch mit dünner Stimme:

»Und ein Glas Gurken für den Winter wäre schön!«

»Alles klar!«

Antonia ging langsam den Weg durch den Wald zurück. Die Jungbullen grasten friedlich vor sich hin, nur einer kam näher, als sie am Zaun stehen blieb, und schaute kämpferisch zu ihr herüber. Schlagartig fiel ihr Brunske ein.

»Reg dich ab!«, rief Antonia dem Bullen zu. Aber sie war froh, dass die Tiere durch einen Elektrozaun von ihr getrennt waren.

Etwas später nahm sie die Straße nach Sellin. Die Sonne schien wieder so kräftig, dass sie das Verdeck offen ließ. Wie bedauerlich, dass sie hier nicht einfach unbeschwert Ferien machen konnte. Sie stellte sich vor, wie schön es wäre, wenn Björn Kvelsen neben ihr säße und ihr die Insel zeigte.

In Sellin parkte sie den Wagen am Stadtrand und ging zu Fuß die Wilhelmstraße entlang, an der sich eine Bäderstilvilla an die andere reihte. Antonia gefielen die jungen Alleebäume links und rechts, die, zusammen mit den weißen Fassaden, elegant und leicht wirkten und den Spaziergänger sanft bis zur Steilküste führten.

Auf der rechten Seite fand sie das Gästehaus »Ostseeblick«. Hier hatte die Krankenschwester, die Tote aus Potsdam, gewohnt. Antonia besah sich die klassizistische Fassade des Hauses. Seeblick hatte man anscheinend nur von den oberen Etagen, wenn überhaupt.

Sie hatte sich vorgenommen, am Nachmittag auszuspannen, aber ihre Neugier überwog. Während sie noch überlegte, unter welchem Vorwand sie hier nach der Krankenschwester fragen könnte, stieg sie auch schon die steinernen Stufen des Vorgartens hoch.

Es roch nach Mittagessen. Einige der Pensionsgäste tranken Kaffee auf der Terrasse. Alle schienen mindestens siebzig Jahre alt zu sein, und alle hatten Teller mit riesigen Kuchenstücken vor sich stehen. Sie klingelte, und eine unfreundlich dreinschauende Frau in weißem Kittel öffnete ihr. Antonia fragte nach einem Einzelzimmer.

»Wir sind voll!«, grunzte die Frau.

Im Dienstleistungsbereich hat der Osten noch aufzuholen, dachte Antonia. Hier war eine andere Strategie erforderlich.

»Sind Sie die Chefin?«, fragte sie jetzt in autoritärem Ton.

»Die ist hinten!«

Hinter dem kleinen Tresen mit dem Schild »Anmeldung« und einem bemalten Tonschild mit der Aufschrift »Herzlich willkommen« stand eine Tür halb offen. Das unfreundliche Wesen im weißen Kunststoffkittel war bereits wieder im Gastraum verschwunden. Antonia betrat das Büro und begrüßte eine kleine, korpulente Frau, die gerade versuchte, eines ungeordneten Haufens von Zetteln und Quittungen Herr zu werden. Sie war anscheinend froh, bei dieser Tätigkeit unterbrochen zu werden, denn sie bat Antonia freundlich, Platz zu nehmen. Antonia tat so, als wolle sie die Pension besuchen, in der ihre Tante damals gewohnt hatte.

»Vor dem Unfall am Kliff! Sie wissen schon!«

»Ach, diese schreckliche Geschichte. Ja, die arme Frau. Sie war erst ein paar Tage hier! Für uns war es auch nicht schön. Plötzlich steht die Polizei im Haus, und oben in ihrem Zimmer haben sie alles durchwühlt und dann eine Plombe an die Tür gemacht! Erst dachte ich, das hält die Gäste ab. Aber dann hat es keinen gestört. Wie sind Sie denn verwandt?«

»Sie war eine Cousine meiner Mutter. Alleinstehend. Sie kannte nur ihre Arbeit!«

»Und den Hund!«

»Ach ja, der Hund!« Antonia war überrascht, fing sich aber rasch. »Hatte sie den denn mit?«

»Ja, natürlich. So ein dunkelbrauner Labrador. Ein schönes Tier!«

»Davon weiß ich nichts. Ich dachte, sie hätte ihn bei meiner Mutter gelassen über die Ferien.«

»Nein, den hatte sie Tag und Nacht bei sich. Der war doch auch bei dem Spaziergang zum Kliff dabei!«

Davon hatte nichts in der Zeitung gestanden.

Die Frau faltete ihre rundlichen Hände und seufzte.

»Aber der ist spurlos verschwunden. Die haben angenommen, dass er jemand zugelaufen ist! Ich habe mich ja später noch mal erkundigt, weil ich den Hund nehmen wollte. Ich hatte von Anfang an ein Auge auf den geworfen, hab ihm immer Fleischabfälle aus der Küche hingestellt.«

»Ja, das war ein schönes Tier!«, beeilte sich Antonia beizupflichten. Dann stand sie auf und fragte, ob sie noch einen Blick in das Zimmer, das ihre Tante bewohnt habe, werfen dürfe. Die Pensionswirtin blickte misstrauisch zu ihr hoch. Ihre Stimme bekam einen jammernden Unterton:

»Das Zimmer ist inzwischen natürlich wieder vermietet. Von Juli bis Ende August war es versiegelt. Hat mich eine schöne Stange Geld gekostet, da habe ich gedacht, dass ich wenigstens den Hund dafür bekomme!«

Dann nahm sie ein großes Schlüsselbund von der Wand und ging mit Antonia nach oben. Sie klopfte an die letzte Tür im Gang. Niemand antwortete, und sie schloss auf. Das Zimmer war in biederem Braun gehalten, und sein Fenster ging nach hinten hinaus. Das Bett war gemacht, und über seinem Kopfende hing ein Foto der Selliner Seebrücke. Auf einem kleinen Tisch lagen Zigaretten neben dem Aschenbecher, und daneben stand ein leeres Schnapsfläschchen aus der Minibar.

»Und als meine Tante nicht zurückgekommen ist, haben Sie alles so gelassen?«

Antonia sah mit Erstaunen, dass die Frau errötete. Sie gab ihrer Stimme eine strengere Note.

»Sie haben etwas aus dem Zimmer genommen, hab ich recht?«

Die Pensionswirtin zögerte, verschränkte die Hände vor der Brust und wischte verlegen mit der Schuhspitze über einen Brandfleck im Teppich.

»Ihnen kann ich es ja sagen. Ihre Tante hatte die zweite Woche drangehängt, aber ich hatte noch kein Geld von ihr bekommen. Vierzehn Tage Halbpension und keiner da, der für die Kosten aufkam. Da habe ich, bevor die Polizei kam, das Handy genommen, das neben ihrem Bett lag. Sie muss es hier vergessen haben. Es sah teuer aus. Das habe ich an mich genommen, aber der Polizei nichts gesagt. Es liegt immer noch unten in meinem Schreibtisch. Ich hatte Angst, es zu benutzen.«

»Das müssen Sie mir zeigen!«

Antonia drängte die Wirtin nach unten.

Die kleine Frau ließ sich in ihrem Büro mit einem Seufzer in ihren Schreibtischstuhl fallen.

»Sie glauben nicht, wie sehr ich das bereut habe. Jetzt kann ich doch auch nicht mehr damit zur Polizei. Dann kriege ich Ärger.«

Antonia nahm das Handy und schaltete es ein. Sie suchte ein wenig in den Funktionen und fand eine Liste mit acht gespeicherten Nummern.

»Ja, das ist das Handy von Tante Isolde!«, sagte Antonia bestimmt. »Das Beste wird sein, ich nehme es an mich. Ich gebe Ihnen stattdessen etwas Geld. Ich kann Ihnen Ihre Unkosten natürlich nicht ganz ersetzen. Wären Sie mit hundert Euro einverstanden?«

Die Frau schien sehr erleichtert, das Handy loszuwerden, griff hastig nach dem Schein, den Antonia ihr hinhielt, und verschloss ihn rasch in der Schublade ihres Schreibtischs.

»Ist Ihnen sonst noch etwas an meiner Tante aufgefallen?«

»Ein- oder zweimal hatte sie wohl Herrenbesuch. Aber alles sehr still und gesittet, da habe ich nichts gesagt. Der hat auch nicht übernachtet.«

Antonia verließ die Pension und ging zu einem Café auf der Seebrücke. Zufrieden mit dem Ergebnis ihrer Recherche, setzte sie sich vor den Kaiserpavillon, bestellte sich ein großes Stück Torte und hielt ihr Gesicht in die Oktobersonne.

Unter der Brücke schlug die Ostsee krachend auf den Strand. Der Wind hatte zugenommen, und morgen sollte es Sturm geben. Antonia klappte den Kragen ihres Mantels höher und dachte nach. Von einem vermissten Hund der Krankenschwester hatten weder Klenke noch Klatt gesprochen. Und beide wissen nichts von dem Handy der Toten, dachte Antonia mit Genugtuung. Sie war stolz auf ihr exklusives Wissen, aber ihre Bilanz sah insgesamt dennoch recht schwach aus. Von der Frau aus Köln wusste sie bisher fast nichts, und Karin Mönkeberg war sie auch kaum nähergekommen. Wenn sie einem Mord zum Opfer gefallen war, so hatte einzig Brunske bisher ein Motiv.

Antonia holte das fremde Handy heraus und besah sich die Telefonliste der Krankenschwester. Die ersten drei Nummern hingen mit dem Krankenhaus zusammen. Antonia hatte die erste gewählt, und es meldete sich eine Abteilung aus dem Städtischen Krankenhaus Potsdam, an dem Isolde Kniep gearbeitet hatte. Die beiden anderen fingen mit den gleichen Ziffern an, sodass sie diese auch dem Krankenhaus zuschrieb. Die nächsten vier Nummern waren mit weiblichen Vornamen verbunden. Wahrscheinlich Freundinnen oder Bekannte. Die letzte der acht angegebenen Nummern war nur durch ein großes E und ein Ausrufezeichen gekennzeichnet. Neugierig wählte Antonia die Nummer, nachdem sie die Rufnummer der Krankenschwester unterdrückt hatte.

Nach etlichem Klingeln meldete sich die verschlafene Stimme eines jungen Mannes. »Ja bitte?«

Antonia erschrak und murmelte nur: »Falsch verbunden, Entschuldigung!« Wahrscheinlich ein Neffe oder sogar der Sohn der Krankenschwester. Sie konnte einem Verwandten schlecht sagen, dass sie Zugriff auf das Handy der Verstorbenen hatte. Aber warum hatte die Frau ein Ausrufezeichen hinter diesen Namen gesetzt? Sie würde dort später noch einmal anrufen und versuchen, den jungen Mann in ein Gespräch zu verwickeln.

Inzwischen hatte eine Kellnerin die Eierpunschtorte und den Cappuccino serviert, und Antonia überließ sich den Gaumengenüssen. Torte konnten die hier wirklich gut. Zwischen zwei Löffeln rief sie Mönkebergs Putzfrau an. Frau Pisch war mit einem Treffen einverstanden und schlug Antonia vor, am nächsten Morgen ins Ferienhaus zu kommen.

»Da mach ich sauber. Immer samstags, jetzt, wo Frau Mönkeberg nicht mehr da ist! Früher ging das nicht, wegen Besuch und so!«

Antonia war froh, die muntere Stimme der Putzfrau zu hören. Sonst musste man den Leuten hier immer alles aus der Nase ziehen. Vielleicht wusste Frau Pisch auch etwas über den vermissten Hund. So ein Tier konnte doch nicht einfach verschwinden.

Antonia rührte nachdenklich in ihrem Cappuccino. Sie müsste sich vor allem noch einmal eingehend mit Björn Kvelsen unterhalten. Wenn er jetzt neben ihr säße, wäre der Tag perfekt. Heute Abend würde sie ihn sehen und ein Treffen mit ihm verabreden. Beglückt nahm sie ein besonders großes Stück von der Punschtorte.

Eine halbe Stunde vor Beginn des Orgelkonzerts fuhr sie in die Mitte des Dorfes und kaufte sich am Eingang der kleinen Kirche eine Karte. Der Innenraum war noch leer. Sie war nervös. Um sich zu entspannen, spazierte sie zwischen den alten Gräbern des Kirchhofs und studierte die Inschriften der Grabplatten. Es half nicht viel, und sie ging früh hinein, um sich einen Platz in einer der vorderen Reihen zu sichern. Von dort würde sie Björn besser sehen können, wenn er die Einführung sprach.

Es wurde tatsächlich voll. In der Reihe vor ihr am Mittelgang erkannte sie Henk Thiessow vom Gemeinderat. Neben ihm saß eine Dame mit violettstichigem Haar und blonden Strähnen, eine Koloration, die hier auf der Insel beliebt zu sein schien. Wahrscheinlich seine Frau. Beide wirkten nicht sehr enthusiastisch. Kurz vor Programmbeginn erschienen Björn und der Pastor. Von ihrem Platz aus konnte sie sehen, wie die beiden sich kurz besprachen, dann sah sie Björn Kvelsen nach vorn gehen.

Er stellte zunächst den jungen Organisten aus Leipzig vor und kommentierte dann – frei sprechend – das Programm: Bach – Buxtehude – Pachelbel und zwei Konzerte zeitgenössischer Komponisten, die man nach der Pause darbieten wollte.

Antonia fand ihn hinreißend. Wie er dastand und mit großer Ruhe und kenntnisreich über die Musik sprach. Sie warf ihm bewundernde Blicke zu. Einmal sah er kurz zu ihr hin, und Antonia meinte, ein kleines Lächeln in seinen Augenwinkeln zu erkennen. Dann nahm Björn neben dem Pastor in der ersten Reihe Platz, und nach einer Pause, in der nur noch ein vereinzeltes Räuspern aus dem Publikum zu hören war, setzte die Orgel ein. Antonia sank tiefer in ihre Bank und ließ sich von den an- und abschwellenden Melodien wie von Wellen tragen.

In der Pause versammelte sich das Publikum draußen vor der

Kirche. Es war ein milder Abend. In der Luft hing der Geruch von modrigem Laub und Holzrauch. Alle Besucher standen in kleinen Gruppen beisammen und plauderten angeregt miteinander. Antonia hielt sich am Rand auf und beobachtete unauffällig das Eingangsportal. Dort stand Björn und sprach mit dem jungen Organisten. Sie fragte sich gerade, welche Richtung die beiden einschlagen würden, als Henk Thiessow auf sie zutrat und sie seiner Frau vorstellte.

»Das ist Antonia Babe aus Hamburg. Sie schreibt über die Unfälle am Kliff!«

Frau Thiessow tat interessiert. »Wie aufregend. Für welches Magazin arbeiten Sie denn? Gibt das eine Fortsetzungsgeschichte?«

Thiessow kam Antonia zuvor. »Eine Fortsetzung wäre für uns alle nicht wünschenswert, nicht wahr, Frau Babe? Nein, Hasi, Frau Babe will eine Reportage für eine Hamburger Zeitung schreiben!«

Dann sah er über Antonia hinweg sehnsüchtig zum gegenüberliegenden Gasthof.

»Ich bin mal gespannt, ob die in der ›Linde‹ heute Abend das Angebot mit dem Riesensteak haben. Kommen Sie nach dem Konzert mit uns? Björn Kvelsen hat einen Tisch reserviert! So ein Konzert macht doch Appetit!«

Frau Thiessow schüttelte den Kopf.

»So 'n Mann ist doch immer hungrig! Bei meinem Henk ist es besonders schlimm. Sein Zuckerspiegel sinkt zu schnell, sagt der Arzt …«

Antonia pries innerlich Thiessows Zuckerspiegel und willigte begeistert ein, mitzukommen. Dann war die Pause zu Ende, und das Publikum suchte wieder seine Plätze auf. Der zweite Teil des Konzerts war modernen Komponisten gewidmet. Er währte nur eine halbe Stunde, und Antonia sah, dass Henk Thiessow vor ihr ein wenig eingenickt war und erst bei einem lauten Schlussakkord aufschreckte. Beim nächsten Stück sank sein Kopf wieder nach vorn, bis seine Frau ihn in die Seite stieß. Am Ende klatschten alle artig Beifall, und der sympathische junge Interpret kam nach vorn, um sich zu verbeugen.

Der Kirche gegenüber lag der rote Backsteinbau des Gasthofs. In den unteren Räumen war schon alles besetzt, offenbar hatten sich einige Konzertgäste schon nach der Pause dorthin begeben. Ein Kellner wies sie nach oben. Björn hatte dort einen Tisch am Kamin reserviert. Bevor sie sich niederließen, sah Antonia am Nebentisch ein bekanntes Gesicht. Es war Kommissar Klenke, und ihm gegenüber saß eine füllige Frau mit vielen grauen Löckchen, die ihr an der Stirn und im breiten Nacken klebten. Antonia, aufgeregt durch die Aussicht, einen Abend mit Björn zu verbringen, begrüßte die beiden übertrieben herzlich. Klenke stellte sie seiner Frau vor: »Herta, das ist Frau Babe, die Journalistin aus Hamburg!«

Frau Klenke murmelte: »Sehr erfreut!«, beäugte Antonia jedoch mit misstrauischem Silberblick.

»Die Freude ist ganz meinerseits!«, rief Antonia ausgelassen. Als sie Frau Klenkes dickliche Hand schüttelte, sprang unter dem Tisch schwanzwedelnd ein kleiner Hund hervor, der Antonia offenbar begrüßen wollte. Frau Klenke riss heftig an seiner Leine und zischte mehrfach: »Aus!« Der Jack Russell verzog sich wieder unter den Tisch, nur um gleich wieder wedelnd hervorzukommen. Frau Klenke riss jetzt so heftig an seiner Leine, dass sich der kleine Körper fast überschlug.

»Und wie war es in Stralsund?«, fragte Klenke und legte den Kopf zur Seite.

Antonia wich seinem Blick aus. »Och, alles okay. Ich habe mich mit Ihrem Kollegen Klatt von der Kripo gut verstanden!«

»Na, na, na!«

Klenke drohte ihr verschmitzt mit dem Zeigefinger. Offenbar hatten die beiden inzwischen miteinander telefoniert. In diesem Moment tauchte Björn an der Treppe auf. Antonia nickte den Klenkes noch einmal zu und eilte an den Tisch zurück.

Die Thiessows waren keine gesprächigen Leute, und Antonia und Björn bestritten überwiegend die Unterhaltung. Um sie zu ermuntern, fragte Antonia Frau Thiessow nach dem Urlaub auf Rhodos.

»Ach Gott, ja, schön war's. Kann man nicht anders sagen. Meinem Mann hat es nicht so gefallen. Aber Männer, Sie wissen ja!«

Antonia wusste nicht. Beim Thema Rhodos wurde Thiessow munter.

»Es war sehr warm. Sogar im Wasser. Und das Essen abends war auch nur lauwarm und so was von fettig …«

Wie ein Geschenk des Himmels tauchte der junge Organist auf. Er blieb einen Augenblick am Tisch der Klenkes stehen und plauderte mit ihnen. Der kleine Hund schoss wieder unter dem Tisch hervor, nur um im nächsten Augenblick laut aufzujaulen. Antonia hatte gesehen, wie Frau Klenke ihm einen kräftigen Fußtritt verpasste. Von Klenke hörte man nur ein hilfloses »Herta, nun lass ihn doch!«.

Björn war herumgefahren. Frau Klenke zerrte noch immer an der Leine, die sich um ihr Handgelenk wand.

»Sie hat ihn getreten!«, flüsterte Antonia ihm zu.

»Eine unmögliche Person! Wieso die einen Hund halten muss, ist mir ein Rätsel!«

An Björns Stirn trat kabeldick eine Ader hervor, und seine Stimme zitterte. Dann beruhigte er sich, stand auf und stellte den jungen Organisten vor: »Florian Niedlich aus Leipzig.«

Florian musste Ende zwanzig sein. Er trug ein braunes Cordsakko und hatte lebhafte dunkle Augen. Er sah sehr gut aus und schien sich auf Anhieb für Antonia zu interessieren, denn immer wenn er etwas erläuterte, suchte er in der Tischrunde ihre Augen. Antonia hörte nur halb hin, als Florian berichtete, er habe in Leipzig studiert und suche eine Anstellung.

»Wahrscheinlich werde ich aber im Lehrberuf landen, denn fest angestellte Organisten gibt es kaum noch!«

Das Essen wurde in Form riesiger Portionen serviert, und Thiessows Gesicht leuchtete. Er hielt Messer und Gabel schon griffbereit und machte sich ohne einen Augenblick des Zögerns über seinen Teller her.

Antonia war wegen Björns Nähe so aufgeregt, dass sie kaum einen Bissen herunterbekam. Auch Florian Niedlich aß mit gutem Appetit. Antonia, die ihm gegenübersaß, fragte ihn abwesend, ob er morgen wieder abreise. Florian schüttelte den Kopf.

»Ich bleibe noch eine Woche auf Rügen. Ich habe noch zwei andere Konzerte, ein längeres in Stralsund und eins mit einer Kollegin zusammen in Bergen. Ich wohne in einem Hotel in Göhren. Wo sind Sie denn untergebracht?«

Antonia hatte nicht mehr richtig hingehört, und anstatt Florians Frage zu beantworten, fragte sie Björn, ob er später mit ihr fahren wolle, sie sei mit dem Wagen da. Björn, der nach dem Vorfall mit der Klenke in ein düsteres Schweigen gefallen war, nickte nur und drängte bald nach dem Dessert zum Aufbruch. Florian schob, bevor sich alle erhoben, Antonia seine Visitenkarte über den Tisch.

»Hier meine Mobiltelefonnummer. Vielleicht haben Sie Lust, abends einmal mit mir essen zu gehen. Ich würde mich freuen!«

Antonia dankte ihm und steckte die Karte achtlos ein. Björn hatte ihr Angebot angenommen, und vor der »Linde« verabschiedeten sie sich von den Thiessows und Florian. Die Klenkes waren schon gegangen. Als Antonia vor Björns Haus parkte, hoffte sie halb, er würde sie noch auf einen Drink hineinbitten. Dies war aber nicht der Fall. Er bedankte sich förmlich und stieg aus. Dann wandte er sich noch einmal um und fragte Antonia, ob sie am nächsten Tag einen Spaziergang mit ihm machen und bei ihm Tee trinken wolle.

»Sehr gerne. Sie müssen mir alles über den Opferstein erzählen!«

Glücklich fuhr sie in ihre Pension zurück und legte sich, ohne sich auszuziehen, aufs Bett. In Gedanken ging sie noch einmal den Abend durch. Immer wieder tauchte Björns Gesicht vor ihr auf. Wie er in der Kirche vorgetragen hatte und wie er sich über die Klenke aufgeregt hatte und wie wütend er geworden war. Der Zorn hatte sein Gesicht verdunkelt, sodass er Antonia in diesem Augenblick noch anziehender erschien. Das Klingeln ihres Handys riss sie aus ihren Phantasien. Es war Gesine.

»Du hast dich ja gar nicht mehr gemeldet!«, warf ihr die Freundin vor.

»Gesi, Süße, es gibt hier so furchtbar viel zu tun …«

Antonia berichtete der Freundin von ihren Besuchen bei Armin Brunske und Frau Fegesack. Dann schwärmte sie von Björn.

»Ein toller Mann. Du solltest ihn sehen!«

Gesine reagierte nüchtern wie immer. »Nun lern den Mann doch erst mal näher kennen, dann sprechen wir uns wieder.«

Antonia lächelte.

»Björn ist ein sehr zurückhaltender Mensch. Sehr ernst und verschlossen und sehr anziehend. Ich bin ganz hin und weg! Morgen trinke ich bei ihm Tee!«

Sie musste Gesine versprechen, von ihrem Besuch bei Björn ausführlich zu berichten.

5

Die Sonne schien auch am nächsten Morgen, aber der Wind hatte zugelegt. Er zerrte an den alten Pappeln, die den Weg zu Antonias Pension säumten, und rüttelte an den beiden verschlossenen Strandkörben, die ihre Wirtin im Garten aufgestellt hatte. Das Boddenmeer kräuselte sich in kleine weiße Schaumkronen, und das sonst so ruhige Wasser drängte am Dorfrand über die steinerne Uferbefestigung.

Antonia hatte sich für neun Uhr mit Frau Pisch, der Putzfrau der Mönkebergs, verabredet und ließ sich vom Wind die Straße hinunterschieben. Eine drahtige kleine Frau mit grauen Haaren und in einer blauen Kittelschürze öffnete ihr die Tür und hieß sie, »nach oben« zu kommen.

»Ich beziehe gerade die Betten. Pisch ist meine Name. Ich mache hier sauber, seit die Mönkebergs eingezogen sind.«

Antonia folgte Frau Pisch in ein Schlafzimmer, dessen breiter Balkon auf den Bodden ging. Dort zog die Putzfrau zu Antonias Erstaunen Wäsche von Betten, die offensichtlich unbenutzt und noch frisch bezogen waren. Die kleine Frau griff geschickt nach einem Federbett und schüttelte es auf. Dann packte sie in das Innere des Bezugs und stülpte es nach außen.

»Mein Name ist Antonia Babe. Ich arbeite bei der Hamburger Rundschau«, stellte sich Antonia erst jetzt vor.

Frau Pisch ergriff den nach außen gedrehten Bettbezug und das Federbett, vereinigte beide in einem Ruck und ließ die Außenseite über das Federbett nach unten gleiten.

»Ja, ich hab schon von Ihnen gehört. Herr Mönkeberg rief heute Morgen an und hat mir gesagt, dass Sie kommen. Und Frau Klenke, meine Nachbarin, hat gesagt, dass Sie von der Zeitung sind.«

»Kommissar Klenke ist Ihr Nachbar?«

Frau Pisch widmete sich jetzt den Kopfkissen.

»Natürlich, den hab ich ja halb großgezogen. Seine Mutti war auf Arbeit, und da kam er als Junge immer zu mir zum Essen.

Unsere waren ja früh aus dem Haus, und da hab ich ihn gerne noch ein bisschen verwöhnt.«

Antonia nickte. »Ich habe die Klenkes gestern Abend getroffen. Er ist ein sehr netter Mann. Seine Frau fand ich sehr bestimmend!«

Frau Pisch schüttelte die Kissen auf und wiederholte die Prozedur des Beziehens.

»Ich weiß, was Sie meinen. Herta hat bei denen die Hosen an. Der Hannes hat regelrecht Angst vor ihr, das können Sie mir glauben!«

»Warum denn das?« Antonia war neugierig geworden.

»Die Herta hat manchmal so ihre Touren. Die kann richtig jähzornig werden, dann schmeißt sie Sachen durch die Gegend!«

Frau Pisch senkte ihre Stimme. »Wir kriegen das ja alles so mit, weil wir Wand an Wand wohnen. Neulich wieder, ich sage zu Otto, meinem Mann, stell doch mal den Fernseher leise, nebenan geht es wieder los. Da hat sie wieder getobt. Mein Mann meint, das sind die Nerven. Und der arme Hund erst, der kann einem leidtun. Wenn der nicht will wie sie, dann schlägt sie mit der Leine nach ihm oder sperrt ihn den ganzen Tag in der Garage ein ...«

Antonia dachte an die Szene im Restaurant, lenkte aber das Gespräch auf Karin Mönkeberg.

»Herr Mönkeberg sagte mir, dass seine Frau hier in den letzten Jahren viel Zeit allein verbracht hat. Wie war sie denn so?«

Frau Pisch zuckte mit den Schultern.

»Die hat nie viel mit mir gesprochen. Ich habe meine Arbeit gemacht, und das Geld lag für mich in der Küche. Genau abgezählt.«

Dabei gab sie dem Federbett zwei heftige Knüffe.

Dann nahm sie das Bündel abgezogener Wäsche vom Boden auf.

»So, fertig! Jetzt mach ich unten weiter!«

Antonia folgte ihr in die Küche. Frau Pisch nahm ein paar tadellos saubere Zierkrüge aus einem Regal und setzte sie in die Spüle.

»Und hatte Frau Mönkeberg denn auch Bekannte im Dorf?«

»Gott bewahre, die konnte hier doch keiner leiden. Sie hat sich sehr abgesondert. Aber allein war die nicht. Sie hatte ja diesen Bekannten, der immer kam!«

»So ein Älterer, etwas melancholisch? Den habe ich neulich noch hier am Haus gesehen?«

Antonia war überzeugt, dass sie den Beagle-Mann meinte.

»Nein, ein Jüngerer. Ein Russe, feiner Mann. Hat mir hin und wieder mal zehn Euro zugesteckt. Von der russischen Handelsmarine. Kam immer aus Sassnitz rüber, mit 'nem dicken Leihwagen, oder Frau Mönkeberg hat ihn in ihrem Wagen abgeholt. Wohl ein Kollege von Herrn Mönkeberg. Das hat sie jedenfalls gesagt.«

Frau Pisch schrubbte die sauberen Töpfe mit Inbrunst und ließ heißes Wasser über sie laufen. Dann trocknete sie ihre Hände ab, holte eine Flasche Reinigungsmilch und ein Tuch und fing an, die makellos glänzende Oberfläche der Einbauküche zu reinigen.

»In so einem Haus fällt doch immer wieder etwas an!«, sagte sie etwas verlegen.

Antonia griff in ihre Jeanstasche und zog einen Zehn-Euro-Schein heraus.

»Hier, Frau Pisch. Weil ich Sie von der Arbeit abhalte ...!«

»Das ist doch nicht nötig, Frollein Babe«, sagte Frau Pisch und steckte den Schein rasch in die Tasche ihrer Kittelschürze.

»Aber ...« Die Zuwendung ließ sie vertraulicher werden. Sie rückte etwas näher an Antonia heran und senkte ihre Stimme: »Die Leute hier haben anders geredet. Und das Bett im Gästezimmer hat der Russe nicht benutzt, wenn der hier war, das sag ich Ihnen!«

Antonia tat so, als hätte sie die letzte Bemerkung nicht gehört. »Wie oft war er denn zu Besuch?«

»Ja, in der letzten Zeit immer öfter. Früher kam er vielleicht mal alle zwei Monate. Aber in der letzten Zeit war er manchmal eine ganze Woche zu Besuch. Frau Mönkeberg sagte, dass er in Rostock eine Stelle angenommen habe. Wenn der Alte, ich meine, wenn Herr Mönkeberg am Wochenende aus Hamburg kam, dann war er nicht da, der Herr Kollege!«

»Und das weiß auch Herr Klenke?«

»Jo, das weiß hier jeder. In so 'nem Dorf können Sie nichts verheimlichen.«

»Frau Pisch, vielen Dank für Ihre Auskunft. Ich würde jetzt gerne noch ein Foto von Frau Mönkebergs Jaguar machen.«

Frau Pisch nahm den Garagenschlüssel von einem Bord neben der Küchentür und machte eine wichtige Miene. »Den Jaguar hat die Polizei gründlich untersucht! Aber Klenke meint, sie haben nichts finden können. Warum auch? Sie ist doch zu Fuß zum Kliff runter ...«

Der Wagen, ein älteres Modell in glänzendem Dunkelgrün, wirkte elegant und abweisend. Antonia besah sich die sauberen Reifen, die ledernen Polster im Inneren und öffnete das Handschuhfach. Der Kilometerstand zeigte fünfundvierzigtausend. Das Auto wirkte jedoch ebenso unbenutzt wie das Haus.

Bevor sie das Anwesen verließ, fiel Antonia wieder der Hund der Krankenschwester ein.

»Frau Pisch, ich hätte da noch eine Frage. Das zweite Unfallopfer, die Frau aus Potsdam, soll einen Hund dabeigehabt haben. Weiß man darüber im Dorf etwas?«

»Das hat Klenke uns erzählt. Aber die Polizei hat sich nicht für das Tier interessiert. Das sei Sache des Tierheims, hat Klenke gesagt. Vielleicht ist er einem zugelaufen. Armin Brunske hat seit ein paar Monaten eine neue Töle. Seinen alten Hund musste er einschläfern lassen, weil er zwei Schafe gerissen hat.«

»Haben Sie den neuen Hund von Brunske schon mal gesehen?«

»Nein, aber der bellt manchmal stundenlang, wenn Brunske unterwegs ist. Er hält ihn meistens im Haus. Das mit den Schafen hat ihm wohl gereicht, da musste er ja für den Schaden aufkommen!«

»Brunske ist wohl hier im Dorf nicht sehr beliebt?«

»Die Auswärtigen haben es hier immer schwer! Armin ist ja in Berlin aufgewachsen, bei seiner Oma. Er ist erst nach dem Tod von seinem Vater wieder hierher gekommen.«

Antonia dankte Frau Pisch und ging ein Stück den Plattenweg zum Kliff hinunter. Dann fiel sie in einen langsamen Trab. Seit sie auf der Insel war, hatte sie ihr tägliches Lauftraining unterbrochen. Also hatte Karin Mönkeberg ihren Mann betrogen, ging es ihr durch den Kopf. Das machte die Sache natürlich schwierig. Hatten Mönkeberg oder dieser Russe eigentlich ein Alibi?

Sie drehte um und lief wieder zum Haus der Mönkebergs zurück. Frau Pisch machte sich gerade an der Mülltonne zu schaffen. Sie zog einen leeren Müllsack aus der Tonne und ersetzte ihn durch einen neuen.

Antonia rang um Luft. »Frau Pisch, ich habe da noch eine Frage. Als Frau Mönkeberg den Unfall hatte, war der russische Kollege von Herrn Mönkeberg da auch zu Besuch?«

»Nein. Das habe ich doch alles schon der Polizei gesagt. Ich hab ja auch Herta, also Frau Klenke, noch mal gefragt. Die hat mir erzählt, dass der Russe zu Hause war, also in Russland, als Frau Mönkeberg verunglückt ist. Die Polizei hat das überprüft!«

»Wie sah der Mann eigentlich aus?«

»Na, gut sah er aus! Noch jung. Wenn auch mit Glatze. Jünger als Mönkeberg jedenfalls und sehr muskulös. Man kann das ja auch verstehen, nicht? Die Frau wollte noch was haben vom Leben!«

Ihre Stimme bekam eine wichtigtuerische Note. »Mönkeberg selbst hat man auch überprüft, hat mir Herta Klenke erzählt. Erst hab ich ja immer gedacht, der würde dem Russen mal was tun. Aber seiner Frau? Der? Niemals! Der hat die doch auf Händen getragen!«

»Und käme Ihrer Meinung nach Brunske in Frage? Immerhin hatte er Probleme mit Frau Mönkeberg!«

»Ach was. Der Armin säuft schon ab mittags. So 'n Mord braucht doch 'ne ruhige Hand ...«

Um vier Uhr war Antonia mit Björn verabredet. Nervös probierte sie verschiedene Pullis und Sweatshirts aus und entschied sich für einen schilfgrünen Rollkragenpullover, der das helle Rot ihrer Haare betonte.

Björn erwartete sie an der Tür, und sie machten einen langen Spaziergang durch die Baaber Heide. Büsche und Bäume hatten in der Oktobersonne einen rostroten Ton angenommen, das Gras zu ihren Füßen lag in fahlem Grün, und über der Having spannte sich ein Himmel in zartestem Hellblau. Antonia hätte sich keine hübschere Kulisse für ihren Ausflug mit ihrem neuen Bekannten wünschen können. Sie unterhielten sich angeregt über ihre Ausbildung als Psychologin, über Hamburg, das Björn vom Studium kannte, über die Insel und was Björn als Kulturprogramm für den nächsten Sommer plante. Endlich jemand, mit dem sie hier reden konnte.

Als sie dann Björns Haus betrat, hatte sie das Gefühl, zu Hause angekommen zu sein. Alles atmete Behaglichkeit, die niedrige Balkendecke, der Kamin, die blanken Eichendielen. Vor dem Kamin standen zwei Chesterfield-Sofas und dazwischen eine alte Schiffstruhe, auf der nur ein einziges Buch mit dem Titel »Walden« lag.

Björn machte Feuer und stellte ein Tablett mit Teegeschirr und einen Teller mit kleinen Kuchen auf die Truhe. An einer Wand hingen gerahmte Zeichnungen. Antonia trat interessiert heran und sah sich ein paar der Bilder näher an. Sie zeigten alte, vom Wind verbogene Bäume, Findlinge und immer wieder das Kliff.

»Ich bin hier sehr viel allein. Da habe ich wieder das Zeichnen angefangen«, erläuterte ihr Gastgeber. »Die Kliffzeichnungen sind in diesem Jahr entstanden.«

Antonia war beeindruckt. Er hatte das Kliff fotografisch genau getroffen.

»Sie haben alles sehr präzise wiedergegeben!«

Björn winkte bescheiden ab. »Ich hatte schon als kleiner Junge eine Leidenschaft für das Zeichnen.«

Links von der Kliffreihe entdeckte Antonia auch ein Bild mit den Findlingen, in ihrer Mitte denjenigen, den man den Opferstein nannte.

»Darf ich?«

Björn kam ihr zu Hilfe und nahm das Bild von der Wand.

»Aber bitte, nehmen Sie doch Platz. Ich hoffe, die Kuchen schmecken Ihnen. Frau Pisch, meine Zugehfrau, hat sie gebacken.«

Antonia sah erstaunt auf. »Frau Pisch?«

»Sie haben sie heute schon getroffen, nicht wahr? Sie hat es mir eben erzählt. Sie arbeitet bei Mönkebergs, aber auch bei mir. Und donnerstags putzt sie in der ›Reuse‹. Ihr Mann hat nur eine kleine Rente, und sie brauchen ein Zubrot.«

Björn schenkte bedächtig den Tee ein. »Sahne? Zitrone? Zucker?«

Antonia goss sich etwas Sahne aus einem silbernen Kännchen in den dampfend heißen Tee.

»Hübsche Sachen haben Sie hier!«, bemerkte sie bewundernd und hob ihre Tasse gegen das Licht. Es war ein schönes altes Porzellanservice mit hellblauen und rosa Fleur-de-Lys-Motiven.

»Ja, meine Eltern mochten ein gepflegtes Zuhause.«

»Sind Ihre Eltern denn tot?«

Björn antwortete mit einem kurzen »Ja« und hielt ihr dann den Teller mit den kleinen Sandkuchen hin. Antonia biss vorsichtig hinein, um nicht zu krümeln. Frau Pischs Kuchen schmeckte sehr gut, und sie begann sich zu entspannen. Ihr Blick fiel auf zwei größere Zeichnungen des Kliffs.

»Haben Sie die da unten gezeichnet? Ich meine, wo die Unfälle waren?«

»Richtig. Ganz in der Nähe der Treppe. Wir haben hier sogenanntes Aktivkliff, das heißt, das Kliff arbeitet die ganze Zeit. Für einen Zeichner keine leichte Aufgabe. Wenn Sie nach zwei oder drei Wochen wiederkommen, treffen Sie unter Umständen auf ein ganz anderes Motiv. Ich habe oft verschiedene Skizzen aus dem gleichen Blickwinkel angefertigt, dann konnte ich aufzeigen, wie sich die Wand oder das Geröll verändert haben.«

Björn wirkte ernst. Antonia mochte seine Art, über die Insel zu sprechen. Sie schien ihm viel zu bedeuten. Während er sprach, stand er auf, legte neue Scheite auf das Kaminfeuer und goss ihr Tee nach. Dann setzte er sich neben sie und griff nach dem Bild mit den Findlingen.

»Auf dieser Zeichnung sehen Sie den sogenannten Opferstein. Die Steine weisen von Natur aus kleine Ausbuchtungen oder Näpfchen auf, aber etliche sind auch später von Menschenhand bearbeitet. Es ist möglich, dass man in sehr früher Zeit kleine Opfergaben, Blumen oder Speisen, in sie hineingelegt hat. Vielleicht gab es auch Tieropfer. Jedenfalls haben hier viele Gegenden einen Opferstein.«

Er stand wieder auf, ging zu einem Bücherregal und kam mit einem Stapel Bücher zurück.

»Später haben sich dann Legenden um die Steine gebildet, die Menschenopfer einschlossen. Damit es für die Besucher schön schaurig klang. Ein Gastwirt beim Königsstuhl hat sich das als Touristenattraktion ausgedacht! Ich habe Ihnen hier ein paar Heimatkundebücher und Fotobände über Rügen herausgesucht. Ein Band zeigt den sogenannten Opferstein am Herthasee.«

Björn erläuterte ihr, dass man diesen Stein im 19. Jahrhundert als Sehenswürdigkeit für die Touristen an seine heutige Stelle gebracht hatte. Seine Aushöhlung wurde als Blutschale bezeichnet, und die Rinnen im Gestein wurden rot angestrichen, um sie als Blutrinne zu kennzeichnen. Er hatte die Seite markiert und gab sie Antonia zu lesen. Dort stand, dass die sogenannte Blutschale, die angeblich zum Auffangen des Blutes diente, in Wirklichkeit ein Mahlsteintrog aus einer anderen Gegend Rügens war. Kinder führten die Touristen zu den Steinen, erzählten Geschichten von Menschenopfern und verdienten sich so ein Taschengeld.

Antonia schüttelte den Kopf. »Aber warum sind die Besucher denn auf so etwas hereingefallen?«

Björn lächelte. »Gegenfrage: Warum sehen Menschen von heute gerne Horrorfilme? Die Leute gruseln sich eben gerne. Dann hat die Umgebung am Herthasee auch eine ganz eigentümliche Atmosphäre. Ein rot angestrichener Mahlstein verwandelt sich dort leicht in etwas Unheimliches. Noch etwas Tee?«

Dann reichte er Antonia ein kleines volkskundliches Werk.

»Hier sind die Legenden, die sich um die Opfersteine gebildet haben, verzeichnet! Ich kann Ihnen das Buch gerne leihen!«

Antonia gefiel die Idee, sich ein Buch von Björn auszuleihen. »Und Sie denken, der große Stein am Kliff ist nur der Legende nach ein Opferstein?«

Björn schwieg und schaute nachdenklich auf die Wiese vor seinem Wohnzimmerfenster. Die Sonne warf ein letztes intensives Licht auf das bräunliche Gras und ein Beet mit tiefroten Astern.

Unter einem Apfelbaum zog das Fallobst Wespen an, die geschäftig auf- und niederflogen.

»Wie schön der Herbst dieses Jahr ist!«

Seine Stimme klang wehmütig.

Dann ging er bedächtig auf Antonias Frage ein. »Man weiß nicht genau, was Menschen in früheren Zeiten mit diesen Steinen gemacht haben. Dieser Findling zum Beispiel liegt im Wasser. Vielleicht hat man das Meer durch Opfer beschwichtigen wollen! Kleine Tiere geschlachtet, das wäre denkbar ...«

Er goss Antonia ein zweites Mal Tee nach.

»Also auf keinen Fall Menschen?«, rutschte es Antonia heraus.

»Das halte ich für ganz ausgeschlossen!«

Björns Stimme senkte sich, als wolle er hier das Thema beenden. Sein Gesicht war im Gegenlicht dunkel, und unter seinen Augen lagen tiefe Schatten.

Antonia bemerkte, wie ein bitterer Zug um seinen Mund die Lippen schmal werden ließ. Rasch wechselte sie das Thema, indem sie nach dem Orgelkonzert und nach Florian Niedlich fragte.

»Niedlich war auch im vorigen Jahr hier. Er ist begabt und wird seinen Weg machen. Letztes Jahr hatte er eine Konzertreise in den USA. Auch menschlich ist er sehr angenehm.« Björn sah forschend zu Antonia herüber.

»Ich finde ihn auch sehr nett, wenn auch für meinen Geschmack vielleicht noch etwas jung!«, antwortete Antonia geziert.

Björn lächelte. »Er ist in Ihrem Alter!«

Dann fügte er hinzu: »Würde es Ihnen etwas ausmachen, wenn wir uns duzen?«

Als Antonia seinem Vorschlag zustimmte, fuhr er fort: »Ich fand, Niedlich passt ausgezeichnet zu dir. Er schien sehr an dir interessiert zu sein.«

Eine Pause entstand, und beide sahen eine Weile zu, wie die Flammen langsam die bleichen Holzstücke im Kamin verzehrten.

»Ist das Treibholz?«, fragte Antonia. Ihr war Frau Fegesack eingefallen, die mit diesem Holz ihren Wall gebaut hatte.

»Ich war bei der alten Frau oben im Wald. Die sammelt auch Treibholz.«

»Du kennst Frau Fegesack?«

»Ich kam bei einem Spaziergang an ihrem Haus vorbei. Wir haben ein bisschen geplaudert. Ich wollte ihr ein paar Sachen aus dem Dorf besorgen –«

»Das kann ich gerne für dich übernehmen«, fiel ihr Björn lächelnd ins Wort. »Ich fahre sowieso morgen früh zu ihr hoch. Sie verkauft mir manchmal, wenn sie in Laune ist, ein paar Eier!«

»Dann bring ihr doch ein Glas Gurken mit! Das hat sie sich gewünscht!«

Antonia wollte auf das Vergnügen, Frau Fegesack Geleefrüchte zu bringen, nicht verzichten. Sie wollte ohnehin noch einmal mit der alten Frau sprechen. Aber das musste Björn ja nicht wissen. Dann kam die Sprache auf Armin Brunske.

Björn ergriff seine Partei.

»In Hamburg kriegt man das vielleicht nicht so mit, aber die Wende hat manchen Leuten hier schwer zugesetzt, um nicht zu sagen: ihr Leben ruiniert. Im Fall Brunske heißt das, dass sie aus straighten DDR-Bürgern Sozialfälle gemacht hat.«

»Aber Brunske ist doch ein Sonderfall, der hat doch bestimmt schon früher getrunken …«

Sie schilderte Björn den Zwischenfall mit dem Luftgewehr.

»Es ist seine Art, sich die Leute vom Leib zu halten. Er hatte viel Pech im Leben. Erst ist die Frau gestorben, dann sind die Kinder in den Westen und haben den Kontakt zu ihm abgebrochen. Dann der Streit mit den Mönkebergs. Das Haus der Mönkebergs steht auf einem Grundstück, auf dem Armins Großeltern ein Häuschen hatten. Sein eigener Vater hat es, weil er es ihm nicht gönnte, für Peanuts an Mönkeberg verkauft. Im Dorfladen gibt man ihm keinen Schnaps mehr, weil er Leute anpöbelt. Er wird von den meisten Leuten hier gemieden. Da wird der Mensch wunderlich.«

Er stand auf und machte Licht. Der Garten lag bereits im Dämmerlicht. Antonia trank den letzten Schluck Tee und erhob sich.

»Ich möchte mich gerne revanchieren. Wir sollten demnächst unbedingt zusammen essen gehen«, sagte sie herzlich.

Björn nickte und brachte sie noch zur Haustür. Antonia hätte sich angesichts ihrer Einladung mehr Emphase gewünscht, war aber zufrieden, dass ein weiteres Treffen mit ihm in Aussicht stand.

Am Abend holte sie vor dem Einschlafen Björns Buch hervor. Es öffnete sich in der Mitte wie von selbst, so als sei diese Seite oft aufgeschlagen worden.

»In der Nähe der Herthaburg liegt ein großer Felsblock, welcher im Munde des Volkes Opferstein heißt. Auf ihm sollen ehemals Menschenopfer dargebracht worden sein.«

Dann folgte eine Stelle, die im Buch unterstrichen war:

»Der zu opfernde Mensch wurde mit dem Rücken in die ausgehöhlte Fläche des Steines gelegt, sodass sein Kopf über die obere Kante desselben hervorragte. Wenn dann der Kopf vom Rumpfe getrennt war, floss das Blut in der an der anderen Seite des Steines befindlichen und noch jetzt sichtbaren Blutrinne ab und wurde in einem ausgehöhlten Steine aufgefangen, welcher sich gleichfalls noch am Fuße des Opfersteines befindet.«

Ob Björn die Stelle unterstrichen hatte? Das Buch war alt und mit Sicherheit antiquarisch erworben.

Antonia klappte es zu und löschte das Licht. Sie hätte Björn gern unter anderen Bedingungen kennengelernt, ging es ihr beim Einschlafen durch den Kopf.

In der Nacht hatte sie einen sonderbaren Traum. Sie stand am Strand und schaute aufs Meer. In den Wellen vor ihr stand ein steinernes Gebilde, halb Tisch, halb Sarkophag. Unten in der linken Ecke stand »Für Pierre«, der Name ihres verstorbenen Freundes, eingraviert. Sie war ganz allein am Strand, und der Stein aus grauem Beton versank langsam in den Fluten.

6

Während Antonia sich morgens die Zähne putzte, fiel ihr der Traum wieder ein. Sie hielt inne und dachte einen Augenblick nach. Sie war nie an Pierres Grab gewesen. Sie hatte es auch nicht fertiggebracht, an der Beerdigung teilzunehmen. Gesine war da gewesen. Wenn sie wieder in Hamburg wäre, würde sie Gesine bitten, sie zu Pierres Grab zu begleiten. Nachdenklich ging sie zum Kleiderschrank und überlegte, was sie heute anziehen sollte. Aus Gewohnheit schlüpfte sie schließlich in ihre Jeans.

Die Pensionswirtin hatte ihr erlaubt, sich auf dem Zimmer Espresso zu kochen. Antonia zündete ihren Campingkocher an und wartete darauf, dass das Wasser in der Espressokanne heiß wurde.

Heute war Sonntag, und Antonia war noch unentschlossen, wie sie den Tag verbringen sollte. Sie trat ans Fenster. Die Steine, die man zu einem kleinen Wall um die Pension herum aufgeschichtet hatte, glänzten noch vom Regen, der in der Nacht gefallen war. Der Bodden lag im Nebel, darüber spannte sich ein fast weißer Himmel. Die Traumbilder stiegen wieder vor ihr hoch. Seltsam, wie der Sarkophag im Meer versunken war.

Das Zischen des Wasserdampfs und der Geruch des frischen Kaffees brachten sie in die Gegenwart zurück. Sie nahm einen Schluck und ließ den gestrigen Tag Revue passieren. Björns Bild tauchte vor ihr auf. Gedankenverloren putzte sie sich zum zweiten Mal die Zähne und dachte verliebt an ihn. Er war hinreißend gewesen. Wie er die Insel liebte und wie er die Menschen hier verstand. Schade, dass sie ihn heute nicht sehen konnte.

Sie sagte das Frühstück in der Pension ab, fuhr stattdessen in die russische Teestube »Tschai Kowski« in Sellin und bestellte sich Blinis. Vielleicht hatte hier schon Boris, der Geliebte von Karin Mönkeberg, gesessen. Antonia hatte sich telefonisch bei Klenke erkundigt, und dieser hatte bestätigt, dass der Mann in St. Petersburg war, als Frau Mönkeberg verunglückte. Antonia hätte sich gerne mit diesem Boris über Karin Mönkeberg unterhalten. Sie musste sich um seine Adresse kümmern. Hatte Frau Pisch nicht gesagt, er lebe jetzt in Rostock?

Sonntage hatte sie schon immer verabscheut. Hier auf der Insel fühlte sie sich besonders einsam. Einen Augenblick war sie versucht, Florian Niedlich anzurufen. Dann steckte sie ihr Handy jedoch wieder ein und fuhr nach dem Frühstück zum Jagdschloss Granitz, das ihr Björn zur Besichtigung empfohlen hatte. Sie müsse unbedingt die Aussicht vom Turm genießen. Antonia bedauerte es, dass er ihr nicht seine Begleitung angeboten hatte.

An der Straße nach Bergen verwies ein großes Schild auf den Parkplatz des Schlosses. Der Parkplatz war eine reine Touristenfalle. Er war teuer und lag gute zweieinhalb Kilometer vom Schloss entfernt, das auf einem Hügel mitten im Wald thronte.

Antonia störte es nicht. So konnte sie sich etwas Bewegung verschaffen. Unterwegs kam sie an einem Hof vorbei, von dem aus Touristen in Kutschen den Berg hinaufgebracht wurden. Eine Familie stieg gerade mit viel Geschrei und Gelächter in ein Gefährt. Antonia setzte ihren Fußweg fort. Hinter dem Hof ging der Weg steil nach oben. Sie kam ins Schwitzen und zog ihre Windjacke aus. Ab und an kamen ihr Leute entgegen, sonst war sie allein im Wald.

Auf halber Höhe machte sie Rast an einer Bank, öffnete ihren Rucksack und nahm einen Schluck aus einer Wasserflasche. Es war völlig still. Von unten hörte man lediglich ein paarmal das Horn der Rügener Kleineisenbahn durch den Wald heulen. Hinter der Bank stand dichtes Gebüsch, und Antonia wurde hin und wieder ein Rascheln im Unterholz gewahr. Sie erinnerte sich an ihren ersten Spaziergang zum Kliff. Wie hatte sie nur so ängstlich sein können?

Ruhig verschloss sie die Plastikflasche, verstaute sie und stieg den steilen Weg weiter an. Ab und an war ihr, als höre sie Schritte hinter sich. Sie blieb stehen, drehte sich um und schaute den Abhang hinunter. Niemand war zu sehen. Der Weg schlängelte sich in Serpentinen den Hügel hinauf, und Antonia verkürzte ihn, indem sie den Abhang quer hochkletterte. Die Schritte kamen jetzt näher. Als sie sich noch einmal umdrehte, sah sie einen

Mann mit Rucksack den Weg hochsteigen. Ein Wanderer offenbar. Dann hatte der Wald ihn wieder verschluckt, und nur seine Schritte raschelten im Laub. Antonia hatte den Eindruck, als ginge der Mann jetzt schneller. Sie nahm eine noch steilere Abkürzung und kam wegen der Steigung außer Atem. Der Mann war jetzt auf dem Weg, der knapp unter ihr lag, und es trennten sie nur noch ein paar hundert Meter.

Antonia war erleichtert, als die Kutsche mit der Familie um die Ecke bog. Sie schien den Wanderer zu überholen, denn man rief sich lauthals »Guten Tag« zu. Ein feiner Nieselregen setzte ein. Noch eine Biegung und Antonia trat auf eine Lichtung.

Vor ihr lag das Jagdschloss Granitz, dessen puderfarbene Mauern hinter dem Regenschleier rosa schimmerten. Der Wanderer war nicht mehr zu sehen. Er schien einen anderen Weg genommen zu haben. Antonia trat näher an das Schloss heran und blinzelte durch den Regen. Sie konnte den Türmen der Schinkel'schen Architektur nicht viel abgewinnen. Die Fassade war zwar schön gegliedert, die Türme wirkten jedoch plump und gaben dem Schloss etwas Gedrungenes. Im Verein mit dem mittleren Turm, den man zusätzlich gebaut hatte, wirkte der Bau besonders unproportioniert. Sie lief zum Eingang, der links und rechts von zwei großen gusseisernen Hunden bewacht wurde.

In der Eintrittshalle löste sie ein Ticket. Ihr Blick fiel in den Souvenirshop des Schlosses, als die Kassiererin ihren Fünfzig-Euro-Schein wechselte. Offenbar gab es dort nur einen Besucher, einen älteren Herrn im Trenchcoat, der mit dem Rücken zu ihr stand und sich über einen Fotoband beugte.

»Bitte schön, das macht drei Euro!«

Die Kassiererin blätterte das Rückgeld vor Antonia hin.

»Links geht es zum Rundgang, geradeaus ist der Aufgang zum Treppenturm!«

Antonia bestaunte das beeindruckende Treppenhaus des Mittelturms. Die gusseiserne Wendeltreppe zog sich über hundertfünfzig Stufen an den Wänden hoch, und das Muster der Stufen ähnelte einem Fächer aus dunkelbrauner Spitze. Auf halber Höhe stiegen eine Familie und ein Paar die Stufen hinauf. Antonia stand allein am Fuß der Treppe und zögerte. In ihrer Kindheit hatte sie lange Zeit an Höhenangst gelitten, und sie war nicht sicher, ob sie die Herausforderung annehmen sollte.

Am Aufgang der Treppe dräuten zwei riesige Greifvögel aus Eisen, die mit wildem Blick und gefährlich großem Schnabel vor dem Aufstieg zu warnen schienen. Ein Museumswärter winkte sie jedoch ungeduldig weiter. »Sie können schon hoch, heute ist nicht viel los!«

Antonia nahm die ersten fünfzig Stufen viel zu schnell. Nach weiteren fünfzig Stufen raste ihr Herz. Sie rang nach Luft, und das Blut rauschte in ihren Ohren. Sie wagte jedoch nicht, stehen zu bleiben, weil sie dem Nachfolgenden auf der engen Treppe nicht im Weg sein wollte. Mit einem Mal spürte sie, wie ihre Beine versagten.

An einem Fensterbogen machte sie Rast. Vorsichtig trat sie an das Geländer und sah in die schwindelerregende Tiefe des Treppenhauses. Als ob jemand einen Fächer aus spanischer Spitze aufgeschlagen hätte. Spanien, Pierre, da war es wieder. Antonia lehnte sich an die Turmwand und kämpfte mit den Tränen. Hinter sich hörte sie ein asthmatisches Pfeifen. Es war der Mann aus dem Souvenirshop. Er trug den hellen Trenchcoat über dem Arm, grüßte knapp und stieg dann an ihr vorbei der Tür zur Aussichtsplattform entgegen. Antonia konnte sein Gesicht nicht erkennen.

Von oben schaute jetzt ein weiterer Museumsangestellter durch die Turmtür und fragte sie jovial, ob sie noch ein paar Treppen steigen oder wieder zurückgehen wolle. »Richtig lohnen tut sich das heute nämlich nicht, junge Frau. Hier oben ist es ziemlich feucht!«

Antonia holte tief Luft und nahm die letzten Stufen in Angriff. Als sie die Aussichtsplattform erreichte, drehte sich der andere Besucher um. Es war nicht der Beagle-Mann. Erleichtert blickte Antonia in die Landschaft ringsum. Der Regen verwischte die Konturen der bewaldeten Hügel und die Übergänge zwischen Land und Meer. Nur im Süden standen die Türme des Greifswalder Atomkraftwerks wie kleine schwarze Zeichen auf grauem Pergament. Der Mann im Trenchcoat und sie waren die einzigen Besucher auf der Aussichtsplattform. Der Mann nickte freundlich.

»Ich war vor zwei Jahren mit meiner Frau hier. Da schien die Sonne und man hatte einen herrlichen Rundblick. Bei gutem Wetter sieht man dort hinten die Insel Vilm und im Osten sogar Usedom und Wollin.«

Antonia schaute in die Regenschleier links und rechts, die das offene Meer und den Horizont in eine hellgraue Wand zusammenschoben. Die Aussicht wäre bei schönem Wetter wirklich lohnenswert gewesen.

»Und Ihre Frau wollte wohl heute nicht mitkommen?«

»Die kann nicht mehr mitkommen. Sie ist letztes Jahr gestorben.«

Erschrocken ließ Antonia dem Mann beim Abstieg den Vortritt.

»Das tut mir leid!«

Unten angekommen, verzichtete sie auf die Besichtigung des übrigen Schlosses. Sie lief den Berg hinunter, an den Kutschen vorbei und zu ihrem Auto auf dem verwaisten Parkplatz. Dort legte sie den Kopf aufs Steuer und brach in Tränen aus. Die Trauer um Pierre hatte sie wieder eingeholt. Vielleicht war aber auch der Auftrag eine Nummer zu groß für sie und zerrte an ihren Nerven. Oder es war der Inselkoller, vor dem Gesine sie so eindrücklich gewarnt hatte. Nach einer Weile beruhigte sie sich wieder und fuhr langsam zu ihrer Pension zurück. Sie rief Gesine an, die aber nur ihre Mailbox eingeschaltet hatte. Den Rest des Tages verbrachte sie lesend im Bett.

Als sie abends zum Essen ging, war die »Reuse« fast leer, und Olaf war nirgends zu sehen. Stattdessen nahm seine Kollegin, die sonst hinter dem Tresen arbeitete, ihre Bestellung auf.

»Olaf hat ‘ne Woche Urlaub. Er ist zu Hause in Binz. Ich vertrete ihn im Wechsel mit Erik, Olafs Vetter aus Berlin.«

Erik, der junge Mann hinter der Theke, trug einen Ohrring, hatte langes, dünnes Haar und violette Schatten unter den Augen. Er grüßte zu ihr herüber, während er mit einem karierten Küchentuch Gläser blank rieb. Antonia nickte ihm zu und aß ihre Suppe ohne Begeisterung. Auf das Hauptgericht hätte sie verzichten können, denn sie war nicht hungrig. Das Paar, das außer ihr noch im Gastraum saß, hatte gezahlt und ging zur Garderobe. Sie war jetzt der einzige Gast, und sie fühlte sich unbehaglich. Als sie gerade lustlos mit der Gabel das erste Stückchen von ihrem Lachssteak abstach, trat Erik an ihren Tisch.

»Hallo, ich bin der Erik. Du bist sicher die Antonia!«

Antonia schaute missmutig auf. Erik schien es nicht zu bemerken.

»Olaf hat mir schon von dir erzählt. Hier kommen ja sonst kaum Leute in unserem Alter hin. Zu teuer hier. Kann ich mich setzen?«

Antonia fühlte sich überrumpelt, aber rang sich aus Rücksicht auf Olaf ein »Bitte« ab. Olafs Vetter erzählte unaufgefordert von Berlin und dass er fast jeden Sommer bis zum Herbst auf Rügen arbeite. Dabei hatte sie den Eindruck, dass Erik ihr länger als nötig und auch recht eindringlich in die Augen schaute, wenn sie von ihrem Lachssteak hochblickte. Nach der Hälfte schob sie den Teller von sich weg.

»Ich habe heute einfach keinen Appetit. Würden Sie mir bitte einen Ramazzotti und die Rechnung bringen?«

Damit war sie Erik für ein paar Minuten los. Sie wollte schleunigst nach Hause, um noch etwas zu lesen oder von Björn zu träumen.

Erik kam zurück und setzte das Glas vor ihr ab. »Die Kollegin kommt gleich!«

Dann sah er Antonia wieder tief in die Augen.

»Die Abende können manchmal sehr lang werden in diesem Kaff. Hättest du Lust, noch mit mir nach Binz zu fahren?«

Seine Blicke schienen sich an Antonia festzusaugen.

»Nein danke! Ich bin müde und möchte nach Hause!«

»Du weißt nicht, was du verpasst! Ich geb dir mal meine Nummer. Wenn du Langeweile hast, brauchst du nur den alten Erik anzurufen. Stets zu Diensten!«

Antonia wurde ärgerlich. »Ich arbeite hier, verstehen Sie? Und meine Abende verbringe ich mit Freunden!«

Olafs Kollegin kam und legte die Rechnung hin.

»Erik, du sollst mal zur Chefin in die Küche kommen!«

Erik warf Antonia noch einen letzten schmachtenden Blick zu und verschwand. Antonia stapfte wütend in die Nacht hinaus. Was dachte sich dieser Neandertaler eigentlich? Von Weitem sah sie Licht in Björns Haus. Seufzend ging sie zu ihrer Pension zurück.

7

Als Antonia am Montag ihr Handy wieder einschaltete, fand sie drei neue Nachrichten. Alle von Freese. Alle mit der Bitte um Rückruf, und Freeses Stimme klang von Anruf zu Anruf ungemütlicher. Gegen neun Uhr war er in einer Besprechung, gegen zehn außer Haus, um zehn Uhr dreißig rief er unfreundlich zurück und teilte ihr mit, dass Kriminalhauptkommissar Klatt aus Stralsund ihn dringend gebeten habe, Antonia von dem Fall auf Rügen abzuziehen.

»Und wieso?« Antonia versuchte ihre Stimme neutral klingen zu lassen.

»Wieso?« Freese ahmte sie verächtlich nach. »Das kann ich Ihnen sagen: Ihr sogenannter Auftraggeber, Peer Mönkeberg, steht jetzt selbst unter Mordverdacht. Er sitzt inzwischen wegen Fluchtgefahr in U-Haft. Ich hoffe, er hat Ihre Spesen im Voraus gezahlt, ich kann nicht für Ihre Auslagen aufkommen!«

»Herr Mönkeberg hat alle Kosten für einen Monat übernommen, Chef. Und die Agentur kann ja eine Rechnung stellen, ob der Klient in Haft ist oder nicht, schließlich hat er ein Büro an der Binnenalster!«

Das saß. Findevogel und Freese hatten ihre hässlichen Büroräume in Altona, und Antonia sah ihren Chef deutlich vor sich an seinem Schreibtisch sitzen, mit Ausblick auf eine Brandmauer.

»Wie dem auch sei! Sie kommen nach Hamburg. Klatt hat mich gewarnt: Der Job ist zu gefährlich für Sie.«

»Das verstehe ich nicht. Wenn man Mönkeberg verdächtigt und er in U-Haft sitzt, dann kann er mir doch nicht gefährlich werden!«

»Verdacht ist Verdacht. Solange Mönkeberg nicht als Täter überführt ist, läuft da vielleicht jemand rum, dem es nicht so drauf ankommt, ob er noch eine weitere Frau kaltmacht. Sie kommen morgen zurück!«

Antonia versprach, sich am nächsten Tag bei ihm zu melden, sie habe noch ein paar dringende Besuche zu machen. Schließlich habe der Klient – ob in Haft oder nicht – Anspruch auf einen Abschlussbericht über ihre Ermittlungen.

Ihr Chef legte grußlos auf.

Antonia wählte umgehend die Nummer von Hauptkommissar Klenke und fuhr zur Wache. Klenkes stummer Kollege mit den strohigen Haaren hatte ebenfalls Dienst und sah wieder kaum auf, als sie die Wache betrat. Klenke bat sie in sein Dienstzimmer und brachte ihr einen Becher Kaffee.

»Ich habe heute Morgen einen Anruf von der Kripo Stralsund bekommen. Ein Zeuge ist aufgetaucht, der behauptet, Peer Mönkeberg in der Nacht vor dem Unfall seiner Frau auf Rügen gesehen zu haben. Ein Tankstellengehilfe hat ihn erkannt, weil Mönkeberg dort üblicherweise tankte. Mönkeberg hat inzwischen zugegeben, dass er in der Unfallnacht auf der Insel war, behauptet aber, nicht in seinem Haus gewesen zu sein. Er wollte seine Frau auf frischer Tat mit ihrem Liebhaber ertappen. Dann hat er aufgegeben und ist angeblich wieder nach Hause gefahren.«

»Hat man Ihnen denn gesagt, warum man von der Theorie des Unfalls abgekommen ist?«

»Eine neuerliche Autopsie hat ergeben, dass die tödliche Wunde nicht von einem Stein stammte, eher von einem Eisen. Der Stein aus der Ostsee wurde mit dem Blut der Ermordeten präpariert. Jemand hat den Tod durch Steinschlag nur vorgetäuscht. Auch ich muss Sie daher dringend bitten, alle Recherchen einzustellen, bis wir ein Geständnis von Mönkeberg haben.«

»Warum?«

»Weil wir immer noch keine Sicherheit haben. Wenn es Mönkeberg doch nicht gewesen ist, läuft hier ein Mörder frei herum, und es wird ihm nicht gefallen, dass Sie hinter ihm herschnüffeln.«

»In meiner Ausbildung musste ich einen Kurs zur Selbstverteidigung machen!«, wandte Antonia ein.

Aber Klenke blieb hart. »Ich kann Ihnen nicht verbieten, zu bleiben. Aber ich muss Ihnen weitere Recherchen untersagen!«

Antonia machte nach diesem Gespräch einen langen Spaziergang. Sie musste jetzt besonders vorsichtig sein. Klenke wusste inzwischen von Klatt, dass sie nicht für eine Zeitung, sondern als

Private Eye recherchierte. Sie wusste, dass die Polizei sie nicht an der Ausübung ihres Berufes hindern durfte. Aber es würde Klenke und Klatt auch keine große Mühe machen, einen Grund zu finden, um sie von der Insel zu entfernen oder ihr Leben hier zu erschweren. Man könnte sie der Behinderung polizeilicher Ermittlungen bezichtigen und ihr den Aufenthalt mit Strafandrohung untersagen. Sie musste unbedingt Freese davon überzeugen, dass er bei der Polizei ein gutes Wort für sie einlegte. Morgen würde sie nach Hamburg fahren.

Dann rief sie in Mönkebergs Büro an und ließ sich die Telefonnummer der Kanzlei geben, die Mönkeberg vertrat, und bat darum, den Mandanten besuchen zu können. Nach kurzer Zeit rief Mönkebergs Rechtsanwalt zurück. Er hatte eine Besuchserlaubnis für Antonia erwirkt. Sie würde Peer Mönkeberg schon morgen in der U-Haft besuchen können.

8

Als sie ihrem Auftraggeber im Sprechzimmer der U-Haft gegenübersaß, wirkte Mönkeberg sichtlich älter als bei ihrem ersten Treffen. Aus dem Hamburger Geschäftsmann mit der selbstbewussten, soignierten Ausstrahlung war ein gebeugter alter Mann mit Dreitagebart und unsicherem Blick geworden. Antonia war ihre Rolle als Ermittlerin unangenehm.

»Herr Mönkeberg, in Ihrem eigenen Interesse muss ich Ihnen ein paar Fragen stellen!«

Mönkeberg machte eine müde Handbewegung. »Bitte!«

»Warum sind Sie in der Nacht, in der Ihre Frau starb, nach Rügen gefahren? Und dann wieder zurück? Natürlich würde jeder annehmen, dass Sie in Ihrem eigenen Haus übernachten!«

Mönkeberg hob erneut seine rechte Hand und ließ sie dann wieder erschöpft fallen.

»Glauben Sie denn wirklich, ich bringe meine Frau um und gehe dann an der Tankstelle, an der man mich kennt, tanken?«

»Nein, das glaube ich nicht. Ich frage mich ja nur, warum Sie nicht geblieben sind.«

Mönkeberg zögerte, dann rückte er mit der Sprache heraus. Er hatte nicht nur sie, sondern seit Längerem auch einen anderen Detektiv auf die Insel geschickt. Einen Mann namens Wietke, dessen Aufgabe es war, Karin Mönkeberg zu beschatten.

»Seit Wochen bekam ich genaue Angaben, wann dieser Boris meine Frau besuchte. Immer wieder rief mich dieser Wietke an, mit Details darüber, wann und wie der Russe angekommen war, ob im Wagen oder ob meine Frau ihn abgeholt hatte und wann er wieder abreiste. Das war sehr quälend. Eines Abends wusste ich von Wietke, dass dieser Boris nicht da war, da habe ich mich ins Auto gesetzt. Ich wollte Karin zur Rede stellen. Aber dann, als ich so vor unserem Haus stand, verließ mich der Mut, und ich bin wieder zurückgefahren!«

»Ist Wietke so ein Typ im Trenchcoat, mit Tränensäcken und Hängebacken?«

»Haben Sie ihn getroffen? Ist er noch immer da? Ich weiß auch nicht, warum er noch immer auf Rügen ist. Ich habe ihm gesagt, sein Auftrag sei mit Karins Tod beendet, aber er rief mich neulich wieder an. Er könne mir weitere Informationen über Karin liefern. Er klammert sich an den Auftrag. Wahrscheinlich hat er nichts anderes. Von mir bekommt er kein Geld mehr. Karin ist tot. Ich will nichts mehr weiter wissen über ihre Affären! Ich will nur wissen, wie sie umgekommen ist.«

Antonia horchte auf. »Sie meinen, Ihre Frau hat auch noch andere Männer auf Rügen getroffen?«

»Wietke hat mir gesagt, dass auch Kerle aus dem Dorf bei ihr waren. Immer nur für ein paar Stunden. Dieser Russe war nicht der Einzige!«

Antonia war wie elektrisiert durch diese Neuigkeit. Sie musste diesen Wietke unbedingt sprechen.

»Weiß Wietke, dass Sie mich mit den Recherchen beauftragt haben?«

»Nicht direkt. Aber ich habe gesagt, dass ich jemand anderen engagiert habe. Wietke ist ja nur für Observierungen bei Fremdgehen gut. Für das andere ist er nicht clever genug.«

»Sie sollten mir seine Handynummer geben, für alle Fälle! Vielleicht ist der Mörder ja einer der Besucher Ihrer Frau. Aber ich hätte da noch eine Frage: Warum haben Sie Ihre Frau an jenem Abend dann doch nicht zur Rede gestellt? Sie hätten dann Klarheit gehabt.«

»Ich konnte es nicht. Das werden Sie nicht verstehen, Sie sind noch jung. Ich bin alt. Ich habe nicht mehr die Kraft, mich zu streiten. Ich hatte Angst vor einer Auseinandersetzung mit Karin. Sie konnte sehr hart sein, wissen Sie!«

»Wo haben Sie Ihre Frau eigentlich kennengelernt?

Mönkeberg antwortete nicht. Er sank noch mehr in sich zusammen und stierte abwesend auf die grau-weiße Resopalplatte des Besuchertisches. Nach einer Pause gab er nur ausweichend Antwort.

»Ach, bei Bekannten. Bei einer Abendeinladung während der Kieler Woche!«

»Herr Mönkeberg, wir dürfen jetzt eine Zeit lang nicht telefonieren. Man hat mich gebeten, meine Recherchen einzustellen. Ich werde aber weitermachen. Ich miete mir in Stralsund ein anderes Auto und ziehe in einen anderen Ort. Dann wird die Polizei denken, dass ich abgereist bin. Vielleicht gehe ich auch in ein Ferienhaus. Damit mich niemand aus dem Ort erkennt. Ich mache weiter.«

»Wirklich?« Mönkeberg sah sie ungläubig an.

»Na klar. Sie haben mir einen Auftrag gegeben, und ich habe gerade erst mit der Arbeit begonnen.«

»Dann glauben Sie nicht, dass ich es war?«

»Natürlich nicht. Warum sollten Sie zwei Leute auf sich selbst ansetzen? Ich denke, der Mörder ist auf Rügen. Und da muss er auch gestellt werden!«

Mönkeberg wirkte nach Antonias Worten etwas gefasster und richtete sich auf.

»Haben Sie noch ausreichend Barschaft?«

»Wie?«

»Ich meine, kommen Sie mit den Spesen aus? Mein Büro kann Ihnen jederzeit, wenn es notwendig ist, weiteres Geld anweisen!«

»Das Büro könnte mir ein Ferienhaus mieten. Am besten unter dem Namen einer Ihrer Angestellten. Mein Name darf nicht auftauchen! Ich möchte so tun, als würde ich abreisen!«

Mönkeberg versprach, alles zu veranlassen. Dann stand er auf und ging gebeugt in den Zellentrakt zurück.

Antonia hatte ein wenig Mitleid mit ihm. Schließlich blieben ihm keine schönen Erinnerungen an seine Frau und jetzt noch der Mordverdacht.

Im Büro von Freese und Findevogel saßen nur Freeses Sekretärin und eine Volontärin. Alle Kollegen waren ausgeflogen. Antonias Gruß wurde von den beiden Frauen nur knapp erwidert.

»Wo ist denn Freese?«

»Weiß ich nicht!«

Sibille, Freeses Sekretärin, legte den Apfel nieder, in den sie eben noch eine Schneise gebissen hatte. Vor ihr stand eine Plastikdose mit Kartoffelsalat.

»Entschuldige, wenn ich deine Mittagspause unterbreche, Sibille. Ich war eben bei meinem Klienten in U-Haft, und jetzt habe ich die Verabredung mit dem Chef.«

Sibille, durch die Jahre mit Freese bitter geworden, sah sie unfreundlich an. Dann fuhr sie sich mit dem Fingernagel zwischen die Schneidezähne, bevor sie sich zur Seite wandte und etwas aus der Ablage zog.

»Er hat was für dich hinterlassen. Ich glaube, eine neue Sache. Du sollst dich sofort darum kümmern. Also fang am besten gleich damit an und mach Termine! Dort ist dein Schreibtisch!«

Antonia nahm den Umschlag entgegen und steckte ihn achtlos in ihre Mappe. »Mal sehen. Ich muss jetzt noch mal weg!«

Freese, dieser konfliktscheue Idiot, war einer Diskussion mit ihr offensichtlich ausgewichen und hatte das Büro verlassen, bevor sie ihn treffen konnte.

An einer weiteren Unterhaltung mit Sibille war sie nicht interessiert. Rasch sah sie die Post auf ihrem Schreibtisch durch und steckte sie dann ein. Den Umschlag mit dem neuen Auftrag zog sie wieder aus der Mappe heraus und ließ ihn gut sichtbar in der Mitte des Tischs liegen. Dann schritt sie erhobenen Hauptes und grußlos an Sibille vorbei, die inzwischen beim Kerngehäuse ihres Apfels angekommen war und konzentriert in einer Frauenzeitschrift blätterte. Als sie das Gebäude verließ, fühlte Antonia sich leicht. Die frostige Atmosphäre in diesem Büro war unerträglich, und sie war froh, ihr wieder zu entkommen.

Im Auto wählte sie Gesines Nummer und verabredete sich mit ihr in einem angesagten Café an der Großen Bleichen. Als sie durch die Straßen der Innenstadt schlenderte, fiel ihr auf, dass die kurze Zeit auf der Insel sie schon ruhiger gemacht hatte. Die vielen Auslagen, die Geschäfte, die allgegenwärtige Werbung signalisierten überall nur Überfluss und Überflüssiges. Wer brauchte diesen ganzen Müll? Ihr Herz schlug schneller, als sie an Björn und seine Liebe zur Küste dachte.

Sie betrat das Szenecafé und sank erschöpft in einen Sessel. Der Besuch bei Mönkeberg hatte ihr zugesetzt.

Ihre Freundin Gesine kam etwas verspätet zu ihrem Treffen. Sie wirkte gehetzt und bestellte sich, nach Luft schnappend, einen Cappuccino.

»Heute war bei uns in der Redaktion der Teufel los. Es geht um Bestechungsvorgänge in einer Behörde des Senats. Da hatten wir den ganzen Vormittag reichlich zu tun. Schön, dich mal wiederzusehen, vor allem gesund und munter!«

Antonia erzählte von ihrem Besuch bei Mönkeberg. »Er hat mir fast leidgetan, wie er dasaß. Er wirkte so abgerissen, dabei kann er es gar nicht gewesen sein …«

Gesine setzte ihre Tasse ab und griff nach ihrer Tasche. »Vollkommen sicher bist du dir da aber nicht, oder?«

»Wie meinst du das?«

Gesine setzte sich ihre Lesebrille auf und zog einen Plastikumschlag aus ihrer Mappe.

»Ich hab hier was für dich. Ich habe letzte Woche eine unserer Praktikantinnen gebeten, zu Mönkeberg in unserem Bildarchiv zu recherchieren. Schau mal!«

Gesine hielt ihr verschiedene Fotoausdrucke von gesellschaftlichen Großereignissen der Hansestadt hin, auf denen Mönkeberg zu sehen war.

»Und? Was fällt dir auf?«

Antonia blätterte die Aufnahmen durch. Sie konnte nichts Ungewöhnliches entdecken. Gesine rutschte unruhig auf der Bank hin und her, aber Antonia zuckte mit den Achseln.

»Also das Einzige, was mir auffällt, ist, dass er überall allein auftaucht. Aber seine Frau war manchmal wochenlang auf Rügen, da ist er wahrscheinlich solo in die Oper, zum Tennisclub, zum Polo und so weiter.«

Gesine lehnte sich zurück und nahm genießerisch einen Schluck Kaffee.

»Allein, soso! Dann schau doch mal genauer hin!«

Antonia rückte ihre Kaffeetasse zur Seite und legte die Pressefotos nebeneinander vor sich hin. Sie schaute angestrengt, sah jedoch immer nur den lächelnden Mönkeberg in Smoking und Fliege oder elegantem Jackett. Auf einem Foto, bei einem Empfang im Rotary-Club, stand eine junge Blondine neben ihm, die ihm den Kopf zuneigte. Er schien ihr etwas ins Ohr zu sagen. Und plötzlich erkannte Antonia die junge Frau auch auf den anderen Fotos.

»Geht es um die? Wer ist denn das?«

»Ja, wer ist das wohl? Jedenfalls nicht seine Tochter. Mönkeberg hat keine Kinder. Unser Fotograf wusste gleich Bescheid. Sie ist Mönkebergs rechte Hand, und sie begleitet ihn überallhin. Und: Die haben was miteinander. Hat mir unsere Frau aus dem Feuilleton gesteckt. Die weiß alles über Hamburgs feine Gesellschaft!«

Antonia war bestürzt.

»Mir gegenüber spielt er den gequälten Ehemann, dem die Frau gestorben ist. Falls da wirklich was läuft zwischen den beiden, sieht es schlecht aus für ihn, denn dann hätte er ein Motiv!«

»Eben! Aber vielleicht gibt es auch andere, die ein Motiv haben. Und solange wir das nicht wissen, ist diese Untersuchung für dich gefährlich. Kannst du nicht etwas Leichteres hier in Hamburg übernehmen?«

Antonia, gerührt über die Fürsorglichkeit der Freundin, legte ihren Arm um Gesines Schulter. »Nee, Gesi, das zieh ich jetzt durch!«

Gesine versuchte vergeblich, Antonia davon zu überzeugen, den Fall aufzugeben. Lachend stand sie auf, umarmte die Freundin und wünschte ihr alles Gute.

Antonia steckte die Fotoausdrucke ein. Freese würde sie wahrscheinlich fristlos entlassen, aber sie konnte jetzt unmöglich aufhören. Ein Fall war zu lösen.

In Stralsund fuhr sie das Cabrio in ein Parkhaus, mietete sich einen unauffälligen beigefarbenen Leihwagen mit Stralsunder Kennzeichen und kehrte auf die Insel zurück. Sie wollte gleich am nächsten Morgen in ein Ferienhaus nach Gager umziehen. Mönkebergs Sekretärin hatte sich gemeldet, um ihr mitzuteilen, dass sie ein Haus unter ihrem Namen für sie gemietet hatte. Ihrer netten Pensionswirtin, die ihre Abreise bedauerte, erzählte Antonia etwas von einem Krankheitsfall in der Familie.

Dann rief sie die Nummer des Privatdetektivs an, die Mönkeberg ihr gegeben hatte. Am anderen Ende meldete sich mit fast tonloser Stimme Wietke. Antonia erzählte von ihrem Auftrag bei der Hamburger Rundschau und dass sie den Ehemann der verstorbenen Karin Mönkeberg kontaktiert habe.

Es war schwierig, mit Wietke ins Gespräch zu kommen. Immer

wieder entstanden lange Pausen, in denen Antonia sich fragte, ob das Telefonat unterbrochen war. Am Ende schlug sie dem Mann vor, sich abends mit ihr in der »Reuse« zu treffen. Wietke zögerte zunächst, aber als sie ihm von ihrem Besuch bei Mönkeberg in der U-Haft erzählte, willigte er ein.

Antonia kam absichtlich ein paar Minuten später in das Restaurant, in der Hoffnung, Wietke sei schon da und sie könne einer Begegnung mit Erik aus dem Weg gehen. Erik schien jedoch sehr beschäftigt, denn die »Reuse« war an diesem Abend gut besucht. Tatsächlich saß Wietke an der Bar, mit dem Rücken zur Tür. Er trug wieder den eierschalfarbenen Trenchcoat mit Schulterklappen. Von Nahem sah er noch mehr aus wie ein sehr müder Hund. Seine Augen waren entzündet.

»Herr Wietke, guten Abend. Ich arbeite an einer Reportage über die Kliff-Fälle und hätte da noch ein paar Fragen.«

Wietke drehte sich schneckenhaft langsam zu ihr um und musterte sie misstrauisch.

»Und Sie waren bei Mönkeberg in der U-Haft? Wieso durften Sie denn da überhaupt rein?«

»Beziehungen sind im Journalismus alles, Herr Wietke. Aber kommen wir zur Sache: Herr Mönkeberg hat einige Ihrer Informationen an mich weitergegeben. Zum Beispiel die Herrenbesuche bei Frau Mönkeberg. Vielleicht können Sie mir da weiterhelfen. Darf ich Sie zu einem Getränk einladen?«

Wietke bestellte sich einen Malt Whisky auf Antonias Rechnung. Dann schaute er sie aus roten Augen trübselig an:

»Nur wenn Sie mir weiterhelfen. Ich will wissen, wer jetzt für Mönkeberg arbeitet. Jedes Mal, wenn ich ihn anrufe, wimmelt er mich ab. Seine Frau sei tot, er brauche mich nicht mehr. Dafür habe ich mir hier auf der Scheißinsel wochenlang für ihn die Hacken abgelaufen. Jetzt hat er einen anderen. Das hat er gesagt. Ich kann jetzt einpacken. Aber erst will ich wissen, wer mir hier meinen Job geklaut hat!«

Seine Augen bekamen einen hasserfüllten Ausdruck. Antonia nahm einen kräftigen Schluck Wein. Sie heuchelte Anteilnahme und starrte hilfesuchend auf die Flaschen mit hochprozentigem Alkohol im Spiegelregal der Bar. Dann kam ihr die rettende Idee.

»Mönkeberg hat mir gegenüber auch solche Andeutungen gemacht. Und ich glaube, ich weiß, wer es ist. Ich habe ihn am Sonntag im Jagdschloss Granitz gesehen. So ein Grauhaariger, trug auch so einen Mantel wie Sie. Ganz unauffälliger Mann. Er ist, glaube ich, aus Binz.«

»Was?«

Wietke verschluckte sich fast. Wütend schlug er mit der flachen Hand auf die Theke.

»Wahrscheinlich zahlt er dem Kerl noch weniger als mir! Die haben hier doch keine Ahnung vom Beschatten!«

»Observieren konnte man hier doch immer schon gut, Herr Wietke!«

Wietke schien ihre Anspielung nicht zu verstehen.

»Gar nichts können die hier, gar nichts. Und so einer löst mich jetzt ab. Für einen Hungerlohn habe ich die Alte beschattet, tagaus, tagein. Stundenlang im Auto gesessen, diesem Haus gegenüber. Ist mir nicht immer leichtgefallen, altes Hämorrhoidenleiden, wissen Sie.«

Antonia wusste nicht. Wietke hatte sich jetzt richtig in Rage geredet.

»Ich habe notiert, wer kam und wer ging, wann das Licht unten aus- und wann es oben anging. Wann dieser Russe kam, wann er wieder abfuhr. Wo die Mönkeberg hinfuhr, wann sie wieder zurückkam. Und das ist jetzt der Dank!«

Antonia nickte verständnisvoll und prostete ihm zu. Wietke sah sie gar nicht an. Er schien eher für sich zu sprechen.

»Ich bin froh, wenn ich wieder in Hamburg bin. Das können Sie mir glauben. Nie wieder Rügen. Ich bin zeit meines Lebens nach Sylt gefahren. Westerland. Da habe ich alles, was ich brauche! Da bekommt man Schampus und Shrimps an der Straße!«

Antonia hörte es gerne. Wenn die Wietkes dieser Welt Rügen nicht länger heimsuchten, umso besser. Sie bestellte einen zweiten Malt Whisky für ihren trüben Gast. Um Zeit zu gewinnen, bestellte sie auch Erdnüsse und eine Schale Käsewürfel.

»Herr Wietke, über diesen Russen wissen hier ja alle Bescheid. Aber ich hätte da doch noch eine Frage. Mich interessiert, wer denn sonst noch so im Hause Mönkeberg verkehrte, wo doch angeblich keiner hier im Dorf Karin Mönkeberg leiden konnte!«

Wietke schien hungrig zu sein, denn er schob sich einen Käsewürfel nach dem anderen in den Mund und leerte sein Glas fast in einem Zug.

Dann sagte er gehässig: »Die Mönkeberg hielt da keine Kaffeekränzchen, das können Sie mir glauben!«

In diesem Moment kam Erik, der gerade eine Bestellung an einem Tisch mit acht Personen aufgenommen hatte, vorbei. Er blieb einen Augenblick bei Antonia stehen und schaute ihr tief in die Augen.

»Samstag habe ich meinen freien Tag. Immer noch keine Lust auf Binz?«

Antonia tat so, als habe sie ihn nicht verstanden, und bestellte einen dritten Whisky für Wietke. Der hatte sich noch nicht einmal zu Erik umgedreht, sondern starrte nur in sein Glas. Dann brummte er etwas Unverständliches vor sich hin.

»Was meinen Sie?«

Wegen des Stimmengewirrs im Restaurant konnte Antonia ihn schlecht verstehen, deshalb neigte sie ihren Kopf näher zu ihm hin. Er roch nach einem aufdringlichen Aftershave, und Antonia setzte sich augenblicklich wieder gerade hin. Dann sah sie ihn an und sagte etwas lauter als nötig:

»Sie können ganz offen mit mir reden!«

»Der war auch da, habe ich gesagt!«, wiederholte er unfreundlich.

»Wie bitte?« Antonia warf vor Überraschung fast ihr Weinglas um.

»Sie meinen, Erik, der Kellner da, war in Karin Mönkebergs Haus?«

»Ja, der. Und ziemlich oft. Das können Sie mir glauben.«

»Und denken Sie, die Polizei weiß das auch?«

»Mich hat keiner gefragt. Und ich gehe auch nicht aus freien Stücken zu denen und mach denen die Arbeit. Das bringt nur Ärger, und zahlen tut das auch keiner!«

Erik war im Haus der Mönkeberg gewesen! Sie musste unbedingt herausbekommen, ob auch Olaf sie besucht hatte.

»Was ist mit dem anderen Mann, der hier arbeitet? Haben Sie den auch in Mönkebergs Haus gesehen?«

Wietke schüttelte verneinend den Kopf.

»Nicht, dass ich wüsste. Aber hier ist noch jemand, den ich ein paarmal dort gesehen habe!«

Eine Mischung aus Aufregung und leichtem Schrecken durchlief Antonia. Sie drehte sich um und versuchte die Gäste an dem Acht-Personen-Tisch unauffällig zu mustern.

»Wo sitzt er denn?«

»Können Sie von hier nicht sehen. Hinten in der Nische!«

Die »Reuse« machte hinter der Theke einen Bogen. Von ihrem Platz aus war die Nische nicht einzusehen. Antonia hatte dort selbst schon ein paarmal gesessen, wenn sie ungestört essen wollte.

»Herr Wietke, wer ist es? Ich muss es wissen!«

»Erst wenn Sie mir die Adresse von dem Kerl geben, der jetzt meinen Job hat!«

»Ich habe die Adresse nicht. Ich kann Ihnen den Mann nur beschreiben. Ich muss mal zur Toilette. Wenn Sie möchten, können Sie sich gerne noch einen Whisky auf meine Rechnung bestellen.«

Antonia rutschte nervös von ihrem Barhocker und ging um die Ecke. Auf dem Weg zur Toilette hatte sie die Möglichkeit, in die Nische zu schauen. Was sie sah, ließ sie erstarren: Dort saßen Olaf, Kommissar Klenke und Björn Kvelsen und spielten Karten. Sie hatten nicht aufgeschaut, als sie vorbeiging.

Antonia lief den Flur hinunter, stolperte fast über eine lose Fliese und betrat schwitzend den Waschraum der Toilette. Olaf war nicht bei der Mönkeberg gewesen, wen meinte Wietke dann? Meinte er vielleicht Björn? Ihr Magen zog sich bei diesem Gedanken zusammen. Im Spiegel über dem Waschbecken sah sie ihr blasses Gesicht. Oder hatte etwa Klenke auf der Flucht vor seiner Herta Karin Mönkeberg Besuche abgestattet? Sie hielt ihren Mund unter den Hahn und trank gierig das kühle Wasser.

Als sie sich aufrichtete, dachte sie daran, was man ihr während der Ausbildung beigebracht hatte: Grundsätzlich sind alle Zeugenaussagen zu bezweifeln. Wenn Wietke nun gelogen hatte?

Aber weshalb sollte er? Was hatte er davon? Langsam zog sie ihre Lippen nach, kämmte sich und atmete tief durch. Niemand sollte ihr die Aufregung anmerken. Draußen ging sie langsam am Tisch der drei Männer vorbei und tat so, als hätte sie die Gäste in der Nische nicht wahrgenommen.

»Antonia! Was für eine Überraschung! Setz dich doch einen Augenblick zu uns!«

Olaf hatte sie erkannt und war überschwänglich wie immer. Auch Björn schien sich über ihren Anblick zu freuen. Klenke sah eher besorgt aus.

»Frau Babe wird uns ja leider bald verlassen, nicht wahr, Frau Babe?«, sagte er zur Begrüßung.

Antonia nickte allen freundlich zu. »Entschuldigen Sie mich bitte, aber ich muss weiter, ich bin verabredet!«

Als sie zur Theke zurückkam, war Wietke verschwunden. Er hatte sich wohl vorher noch etwas bestellt, denn Antonias Rechnung belief sich auf ein Glas Wein und fünf Malt Whiskys.

9

Am nächsten Morgen wählte sie mehrfach Wietkes Nummer, aber jedes Mal war nur die Mailbox eingeschaltet. Vielleicht meldete er sich mit Absicht nicht, vielleicht hatte er ihr auch einen Bären aufgebunden. Antonia wusste nicht, was sie glauben sollte. Sie brachte ihr Gepäck zum Wagen. Dann fuhr sie das Fahrrad zum Verleih zurück.

Die Frau, mit der sie dort gesprochen hatte, war nicht da. Ein Mann im Overall, der an einem Kinderrad bastelte, nahm das Rad entgegen. Er schaute es an und schob es in den Unterstand.

»Alles in Ordnung. Ich hoffe, Sie hatten einen angenehmen Aufenthalt. Das Wetter hat ja gut mitgespielt!«

»Danke. Ich bin ein paarmal am Kliff gewesen. Da kann man ja nun nicht mehr runter! Ich hätte so gern den Opferstein aus der Nähe gesehen!«

Antonia war fest entschlossen, jeden, der ihr über den Weg lief, auszufragen. Sie hatte keine Zeit mehr zu verlieren.

»Ja!«, sagte der Mann bedächtig und legte den Kopf schief.

Antonia wartete und sah ihn freundlich an. Die Leute hier kamen nur langsam in die Gänge, und man musste Geduld haben.

»Wissen Sie, die Einheimischen scheren sich nicht so darum. Ich bin noch gestern mit unserem Sohn am Kliff gewesen. Wir haben ein paar Steine für unseren Gartenwall gesucht. Da war ganz schön was los. Ich habe gestern sogar mehrere Bekannte dort getroffen!«

»Wirklich? Ich dachte, es ist verboten, die Treppe zu benutzen!«

Der Mann schaute von dem Kinderrad hoch, an dem er offenbar den Zug der Handbremse reparierte.

»Ja, um die Feriengäste abzuhalten. Aber die Leute, die hier leben, gehen ja auch nicht bei Sturm vor die Tür. Es gibt weiter westlich zwischen den Feldern einen Pfad, der hinunterführt. Da sind wir gestern auch runtergegangen!«

Antonia konnte nicht mehr an sich halten.

»Wer war denn da, wenn ich fragen darf? Haben Sie zufällig

Björn Kvelsen getroffen? Der hat mir gesagt, er sei dort gestern spazieren gewesen!«

»Kvelsen? Sie meinen den, der immer die Vorträge hält, wenn was in der Kirche ist? Nein, den habe ich nicht am Kliff gesehen. Aber Kommissar Klenke war da. Und später haben wir noch Erik aus der ›Reuse‹ getroffen!«

»Erik?«

»Ja, Erik, der Vetter von Olaf. Der aus Berlin. Den hab ich auch gesehen. Der hat ganz freundlich gegrüßt. Weil meine Frau und ich ab und zu in der ›Reuse‹ essen!«

Er bewegte den Griff der Handbremse ein paarmal hin und her und gab ein paar Tropfen Öl an das Scharnier.

»Ja, da ging's gestern zu wie aufm Oktoberfest. Am Achtundzwanzigsten ist übrigens unser traditionelles Herbstfest an der alten Scheune am Bodden. Aber da sind Sie ja schon lange zu Hause, was? Na, denn gute Heimfahrt, und beehren Sie uns mal wieder!«

Bevor Antonia ihr Ferienhaus in Gager aufsuchte, fuhr sie an der »Reuse« vorbei. Olafs Kollegin Britta setzte gerade die frisch beschriebenen Tafeln mit dem Tagesmenü vor die Tür. Antonia tat so, als ob sie sich verabschieden wolle, und fragte, ob sie Olafs Telefonnummer haben könne. Die junge Frau erkannte sie und verschwand im Restaurant. Nach zwei Minuten kam sie mit einem beschriebenen Bierdeckel zurück.

»Ich würd's mal so in zwei Stunden versuchen, jetzt schläft der noch!«

Antonia fuhr zum Jachthafen. Das Ferienhaus, das Mönkebergs Sekretärin für sie angemietet hatte, war Teil einer Anlage, in der sich sechs mit Reet gedeckte neue Häuser nebeneinander auf einem künstlich bepflanzten Areal befanden. Die Hausverwaltung hatte den Schlüssel unter einem Blumenkübel neben dem Eingang deponiert. Der Verwalter würde erst morgen vorbeikommen. Auf dem Esstisch fand Antonia eine Anleitung für Gäste und einen Willkommensgruß der Hausverwaltung.

Das Haus war für eine einzelne Person viel zu groß. Antonia freute sich trotzdem auf den Abend, denn am Kaminofen stand ein großer Korb mit Holz. Sie würde sich ein Feuer machen und in aller Ruhe ihre weiteren Schritte planen. Sie öffnete die Terrassentür und trat hinaus auf einen kleinen Rasenvorplatz, der mit einer Steinmauer eingefasst war. Es war kühl geworden. Der Wind wehte heute kräftig von Osten, und Antonia zog ihre Jacke über der Brust zusammen. Der Blick ging von der Terrasse aus über die Bucht zum Dorf hinüber. Sie konnte die einzelnen Gebäude gut unterscheiden. Sogar Björns Haus war erkennbar, weil es etwas erhöht lag.

Ihre unmittelbare Umgebung war nicht besonders einladend. Die Haushälfte nebenan war offenbar nicht vermietet, denn die Vorhänge sämtlicher Fenster waren zugezogen. Jetzt, gegen Ende Oktober, kamen wenige Gäste in diesen abgelegenen Teil der Insel. Auch die übrigen Ferienhäuser der Anlage schienen unbewohnt.

Antonia fröstelte und ging rasch wieder hinein. Der Verwalter hatte offenbar die Heizung angestellt, denn das Wohnzimmer wurde allmählich warm. Antonia streckte sich auf dem Sofa aus und rief Gesine an, um von ihrem neuen Domizil zu berichten. Die Freundin war wie immer in Sorge um sie.

»Was, du wohnst jetzt ganz allein in dieser gottverlassenen Gegend? Das kann doch nicht angehen! Bist du denn nicht ganz bei Trost? Wo der Mörder vielleicht noch frei herumläuft …«

»Gesine, nun reg dich mal ab. Es gibt jede Menge Frauen auf Rügen, dann wären die ja alle gefährdet! Ich passe schon auf mich auf.«

Dann fuhr sie nach Göhren, kaufte ein paar Lebensmittel und richtete sich in der kleinen Küche ein. Gegen zwölf Uhr rief sie Olaf an, der erst nach langem Klingeln abhob. Er schien überrascht, Antonias Stimme zu hören, freute sich aber, sie zu treffen. Sie verabredeten sich in einem Bistro an der Promenade in Binz. Olaf tauchte dort eine Viertelstunde nach der verabredeten Zeit auf und war wie immer aufgeräumter Stimmung. Während Antonia nur einen Milchkaffee und ein Hörnchen wollte, bestellte er sich ein umfangreiches Frühstück.

»Herrlich, so 'ne ganze Woche frei, dann lass ich mich mal zur Abwechslung bedienen!«

Antonia brachte das Gespräch auf die Herrenbesuche bei Karin Mönkeberg. Olaf ging bereitwillig darauf ein.

»Ja, die Mönkeberg, das war schon ein Schätzchen. Der Alte hatte überhaupt nichts zu melden. Das sah man gleich. Wenn sie in der ›Reuse‹ war, starrten alle Männer zu ihr rüber. Aber ficken ließ die sich bestimmt nicht!«

»Wie meinst du das?«

»Sie hat früher als Domina gearbeitet, und manche haben sie eben auch in den Ferien besucht. Erik zum Beispiel. Der kannte sie auch. Der hat mir erzählt, dass die Mönkeberg früher in Kiel und dann in Berlin gearbeitet hat. Da hat er sie kennengelernt.«

»War Erik denn auch ihr Kunde? Erik wollte sich neulich unbedingt mit mir verabreden. Das passt doch nicht zusammen!«, platzte Antonia heraus.

»Nee, die kannten sich nur so. Er ging ab und an zu ihr rüber und trank einen Whisky bei ihr. Waren ja Kollegen quasi. Beide im gleichen Gewerbe!«

»Was soll das heißen? Was macht Erik eigentlich hier, wenn er dich nicht vertritt?«

Olaf leerte seine erste Tasse Kaffee und bestellte sich sofort eine zweite.

»Er beglückt einsame Damen.«

»Wie bitte?«

»Ja, Erik kümmert sich um alleinstehende Touristinnen vorgerückten Alters. Die lassen sich das was kosten. Er inseriert regelmäßig in der Inselzeitung!«

»Du meinst, er arbeitet als Callboy?«

»Ja, oder Eskorte, wie es heißt.«

Olaf wischte mit Behagen seinen Teller mit einem Stück Brot aus und balancierte das letzte Stück Rührei zum Mund.

»Im Winter in Berlin, im Sommer an der Ostsee. Jeder muss halt sehen, wie er über die Runden kommt. Ist ja nicht einfach heutzutage!«

Dann griff er nach dem Brotkorb, schnitt ein weiteres Brötchen auf, bestrich es mit Butter und belegte es mit je einer Scheibe Käse und Schinken.

»Wo wohnt Erik eigentlich? Auch in Binz?«

»Nee, der Besitzer der ›Reuse‹ hat ihm ein Zimmer im Keller vermietet. So ‘n Loch gleich nebenan. Ich hab da auch mal gewohnt, aber ich bin dann hierhingezogen. Man will doch auch mal was anderes sehen nach Feierabend.«

Olafs Backenknochen machten kleine Knackgeräusche beim Kauen. Antonia zerpflückte nachdenklich ihr Hörnchen, ohne davon zu essen.

»Wer könnte denn deiner Meinung nach außer Erik noch bei Karin Mönkeberg gewesen sein? Weißt du etwas darüber? Wietke, Mönkebergs Privatdetektiv, hat dich nie dort gesehen.«

»Nö, wie denn auch. Ich steh nicht auf Schmerz! Ich bin ganz einfach gestrickt!«

Antonia wollte keine Einzelheiten über Olafs Sexualleben hören. Ihr brannte die Frage auf den Nägeln, ob er etwas über andere Besucher bei Karin wusste.

»Hast du eine Ahnung, wer sie sonst noch aus dem Dorf besuchte?«

»Aus dem Dorf? Nö! Das hätte derjenige bestimmt in aller Heimlichkeit gemacht. Im Dorf weiß man nur, dass sie oft Besuch von einem Russen hatte. Vielleicht war der ein Sklave und hat gut dafür bezahlt. Oder er war ihr Liebhaber.«

Olaf nahm sich jetzt eine Scheibe Weißbrot aus dem Korb und bestrich sie mit reichlich Butter.

»Kann ich deine Marmelade haben? Du isst ja gar nichts!«

Antonia schob ihm zerstreut das Schälchen mit ihrer Erdbeermarmelade hin und trank den letzten Schluck ihres Milchkaffees. Dann stand sie auf. Ihr war eine Idee gekommen. Sie tat Olaf gegenüber so, als müsse sie heute noch abreisen. Dann klemmte sie einen Geldschein unter den Aschenbecher.

»Ich lad dich ein! Bis dann, Amigo. Ich komme nächstes Jahr bestimmt wieder!«

»Besuch uns wieder in der ›Reuse‹! Ich würde mich freuen!«, rief Olaf ihr kauend nach.

Mit erhöhtem Tempo fuhr sie von Binz ins Dorf zurück. Am Ortseingang zog sie sich ihre Sonnenbrille an, obwohl die Sonne gar nicht schien, und fuhr langsam durch die Dorfstraße. Mit dem Stralsunder Nummernschild am Wagen würde sie zwar weniger

Aufmerksamkeit wecken, aber niemand sollte sie erkennen. In der Nähe der »Reuse« war ein Parkplatz, von dem man die Terrasse des Restaurants gut einsehen konnte. Ein paar Gäste saßen dort in Mantel und Schal. Erik tauchte hin und wieder auf und brachte Grog und Glühwein heraus.

Antonia parkte und zog das Handy der Krankenschwester aus dem Handschuhfach. Sie suchte eine Weile in den Funktionen, bis es ihr gelang, die Handynummer für den Empfänger zu unterdrücken. Dann wählte sie die gespeicherte Nummer mit dem großen E und dem Ausrufezeichen dahinter. Es klingelte ein paar Mal. Dann sah sie, wie Erik zu einem unbesetzten Tisch ging und ein Tablett mit Gläsern absetzte. Er zog tatsächlich sein Handy aus der Jeanstasche und meldete sich.

Antonia rutschte etwas weiter im Sitz hinter ihrem Steuer nach unten und verstellte ihre Stimme. Sie versuchte älter zu klingen.

»Sind Sie Erik?«

»Ja, was kann ich für dich tun?«

Eriks Stimme hatte einen anderen, schmeichelnden Tonfall bekommen.

Antonia färbte ihre Stimme noch etwas dunkler.

»Ich wollte Sie fragen, was eine Stunde mit Ihnen kostet.«

»Kommt drauf an, was du dir so wünschst. Aber hundert Euro sind Standard!«

Antonia drückte rasch weg. Über das Steuer des Leihwagens hinweg sah sie, wie Erik noch eine Weile in sein Handy rief und es dann wieder einsteckte. Als er mit dem Tablett im Restaurant verschwunden war, startete sie den Motor und fuhr rasch davon.

Ihr Herz klopfte. Erik war das E im Handy von Isolde Kniep, der Krankenschwester. Kein Zweifel. Erik hatte sie hier getroffen und vielleicht sogar ermordet. Und Erik war auch bei der Mönkeberg ein- und ausgegangen.

Langsam fuhr sie zum Ende der Dorfstraße. Sie wollte sehen, ob Björn zu Hause war. Sie würde ihm gegenüber ihr Inkognito lüften und ihn einweihen. Er war der Einzige, dem sie vertraute.

10

Als sie in den Weg zu Björns Haus einbiegen wollte, erkannte sie am Ende der Straße Armin Brunske, der auf einem Moped unterwegs war. Antonia fuhr bis zu einer Hauseinfahrt, wendete und fuhr dem Mann auf dem Moped hinterher.

Brunske nahm die Straße zum Boddenmeer, und Antonia folgte ihm. In der Nähe des Wassers parkte sie ein paar hundert Meter entfernt unter einem Baum und beobachtete, wie er aus einem Schuppen am Ufer Angeln und einen Eimer herausholte. Dann watete er zu einem Boot, das hinter dem Schilf verborgen lag. Man sah nur den Segelmast über das Rohr hinausragen. Antonia wartete, bis der Mast langsam hinter dem Schilf davonglitt. Brunske würde sich sicher mehr als eine Stunde auf dem Wasser aufhalten, inzwischen konnte sie Björn aufsuchen.

Als sie vor seinem Haus hielt, sah sie, dass Björns Auto nicht in der Garage stand. Die Haustür war jedoch weit geöffnet. Im Flur erkannte sie den blauen Kittel von Frau Pisch, die gerade die Treppe putzte. Antonia stieg aus und ging auf das Haus zu. Frau Pisch schaute hoch und begrüßte sie erfreut.

»Tach, Frollein Babe! Herr Kvelsen muss jeden Augenblick zurück sein! Kommen Sie doch rein! Vielleicht können Sie mir oben mal zur Hand gehen? Ich wollte die Gardinen abnehmen, aber allein schaffe ich es nicht!«

Antonia folgte der kleinen Frau ins obere Stockwerk des Hauses und betrat einen Raum, der sich als Björns Schlafzimmer entpuppte. Nervös schaute sie sich um. Das Zimmer machte einen spartanischen Eindruck. Es ähnelte eher einem Hotelzimmer als einem privaten Schlafzimmer. Hier also verbrachte das Objekt ihrer Träume seine Nächte.

Alles war in unauffälligen Beige- und Brauntönen gehalten. Über dem Bett hing die Reproduktion eines Gemäldes. Antonia wollte es gerade näher betrachten, als Frau Pisch sie an die Trittleiter vor dem Fenster führte. In ihrer Anspannung stieg sie unachtsam auf die Leiter und rutschte fast ab, als sie die Gardinenstange aus der Halterung hob. Sie reichte Frau Pisch die Vorhänge und sprang hinunter. Bevor sie das Schlafzimmer verließ, besah sie sich das Gemälde über Björns Bett aus der Nähe. Es handelte sich um ein in Hell-Dunkel-Kontrasten gemaltes dramatisches Bild. Es zeigte in der Mitte einen alten Mann, der mit seiner linken Hand einem liegenden, fast nackten Jüngling den Kopf nach hinten drückte. Seine Rechte wurde von einem Engel ergriffen, sodass ein großer Dolch aus seiner Hand herausfiel. Der Engel war wohl gerade rechtzeitig gekommen, um zu verhindern, dass der Alte den Jungen tötete. Der Dolch befand sich fallend in der Schwebe. Unten rechts war zu lesen: »Rembrandt van Rijn: Die Opferung Isaaks. 1635«.

Antonia trat zurück und schüttelte den Kopf.

»Rembrandt ist ein bedeutender Maler. Aber ob ich das über meinem Bett haben wollte …«

Frau Pisch, die sich Gardine und Vorhänge über den Arm gelegt hatte, pflichtete ihr bei.

»Schön ist das nun wirklich nicht. Ich habe das Herrn Kvelsen ja auch schon gesagt. Bei uns hängen nur die ›Betenden Hände‹ über dem Bett. Otto, mein Mann, wollte Fototapete, aber die ›Betenden Hände‹ sind noch von meinen Eltern.«

Beim Heruntergehen fiel Antonia eine Reihe gerahmter Zeichnungen auf, die im oberen Flur und im Treppenhaus hingen. Es waren überwiegend naive Tierzeichnungen: eine Eidechse, ein Hamster, zwei Kaninchen, ein kleiner Hund und ein Kätzchen. Alle abgebildeten Tiere sahen den Betrachter traurig an.

»Nett, nicht wahr?«, kommentierte Frau Pisch. »Hat Herr Kvelsen als kleiner Junge gemacht! Er war erst fünf oder sechs, hat er mir erzählt. Ich geh mal eben in den Waschkeller, wollen Sie mitkommen?«

»Ich warte lieber im Wohnzimmer! Aber kann ich Sie noch um einen Gefallen bitten? Wenn Sie wieder bei den Mönkebergs arbeiten, könnten Sie mir die Telefonnummer des russischen Bekannten von Frau Mönkeberg besorgen? Sie hat es bestimmt irgendwo notiert.«

»Gerne, Frollein Babe, ich schau mal auf ihrem Sekretär nach. Muss ja 'ne Rostocker Vorwahl sein!«

Antonia ging in das Zimmer, in dem sie vor Kurzem mit Björn gesessen hatte. Wie schön der Nachmittag gewesen war, den sie gemeinsam vor dem Feuer verbracht hatten. Im Kamin lag jetzt erkaltete Asche, am Rand sauber zu einem Haufen zusammengekehrt. Frau Pisch hatte wohl gerade die Möbel bearbeitet, denn es roch nach Bienenwachs und altem Leder, und die Oberfläche der alten Truhe strahlte in mildem Glanz.

Antonia ging langsam zu der Wand, an der Björns Arbeiten hingen, und besah sich noch einmal seine Zeichnungen vom Kliff. Der Opferstein hatte auf einem Bild eine dramatischere Form, als er in Wirklichkeit hatte. Die Vertiefung in der Mitte war größer, und der Zeichner hatte den Stein seitlich mit einem schrägen Strich versehen, der vielleicht so etwas wie eine Blutrinne andeuten sollte. Das war ihr beim ersten Betrachten nicht aufgefallen. Antonia ging noch dichter heran, um die drei Bilder vom Kliff besser vergleichen zu können. Sie näherte sich dem mittleren Bild bis auf zehn Zentimeter, als ein Schatten von hinten auf die Wand fiel und ihr die Sicht verdunkelte. Erschrocken drehte sie sich um. Es war Björn.

»Antonia, was machst du denn hier?«, fragte er freundlich.

Antonia wäre ihm am liebsten um den Hals gefallen, ging stattdessen zum Sofa, setzte sich und weihte ihn in den Stand der Dinge ein. Dass sie für Mönkeberg privat recherchiere und dass sie jetzt scheinbar ihre Heimreise angetreten habe. Auch von Eriks Bekanntschaft mit Karin Mönkeberg und Wietke erzählte sie dem interessiert zuhörenden Björn. Nur von dem Handy der Krankenschwester sagte sie nichts. Björn würde es wahrscheinlich verwerflich finden, dass sie Beweismaterial unterschlug.

Björn schwieg eine Weile. Dann räusperte er sich. »Wahrscheinlich wirst du mich für altmodisch halten, aber meines Erachtens ist das kein Job für eine junge Frau. Du gerätst da in Sphären, die nicht gut für dich sind …«

»Hast du heute Abend Zeit? Vielleicht können wir dann länger über meine berufliche Zukunft plaudern. Ich muss nämlich los. Ich wollte noch dringend jemanden sprechen«, unterbrach ihn Antonia.

Sie gab ihm die Adresse ihres Ferienhauses. Dann rief sie Frau

Pisch einen Abschiedsgruß zu und lief zu ihrem Wagen. Beschwingt durch die Aussicht, mit Björn den Abend zu verbringen, schaltete sie das Radio ein und drehte die Musik laut auf. Dann fuhr sie langsam zurück zum Boddenmeer. Sie erinnerte sich an die Ratschläge, die man ihr in der Ausbildungszeit mit auf den Weg gegeben hatte:

»Gehen Sie auch ungewöhnliche Wege als Ermittlerin; holen Sie sich Informationen von allen Seiten; dann legen Sie allmählich die Einzelheiten wie Mosaiksteine zusammen.«

Sie wartete geduldig, bis sie Brunske aus dem Schilf zurückstapfen sah. Er verschwand mit Angelzeug und Eimer in dem Schuppen. Antonia machte ein paar Schritte in Richtung Schilf, um einen Blick auf das Boot zu werfen. Sie traute ihren Augen nicht: Auf dem fröhlichen hellblauen Grund des Bootes stand vorn als Name in weißen Schriftzeichen: »Milzbrandpistole«.

Zuerst dachte sie, sie hätte sich verlesen. Aber dann las sie noch einmal, und der aggressive Namenszug blieb. Im ersten Moment wollte sie umkehren, um dem Besitzer des Bootes aus dem Weg zu gehen. Vielleicht hatte Brunske wieder das Gewehr dabei. Dann zwang sie sich, zu warten. Neben dem Schuppen lagen zwei geteerte Boote auf Bohlen. Der starke Teergeruch stieg Antonia in die Nase, und sie musste heftig niesen. In diesem Moment trat Brunske aus dem Schuppen. Er hatte den Eimer mit seinem Fang in der Hand und wirkte heute kleiner, als Antonia ihn in Erinnerung hatte. Sie nahm ihren Mut zusammen und ging direkt auf ihn zu.

»Herr Brunske, ich möchte mich dafür entschuldigen, dass ich neulich einfach so in Ihren Garten spaziert bin.«

Brunske sah sie von unten her mit zusammengekniffenen Augen an. Über seinen Augenbrauen hatten sich starke Wülste gebildet, und seine Lippen waren zu einem schmalen Strich gepresst. Antonia erwartete, dass er jeden Augenblick explodierte. Aber er schien heute eher gehemmt. Er rieb sich verlegen seine Hände am Hemd, das ihm über die fleckige Hose hing, und nuschelte etwas Unverständliches. Außerhalb seines Territoriums schien er weniger angriffslustig. Vielleicht hatte er auch noch nichts getrunken.

»Herr Brunske, ich wollte Ihnen zur Versöhnung einen Schnaps spendieren. Hätten Sie etwas dagegen?«

Brunske starrte sie ungläubig an. Aber Antonia schritt schon in Richtung »Dorfkrug«, als sei es das Natürlichste von der Welt. Sie hörte, wie Brunske den Eimer an sein Moped hängte und den Motor anließ. Dann fuhr er los. Aber vor der Kneipe hielt er tatsächlich an. Antonia frohlockte innerlich.

»Kommen Sie!«, rief sie ihm zu und betrat die Gastwirtschaft. Im Dämmerlicht des Schankraums hielten sich außer dem Wirt nur noch zwei Männer auf, die, in der Hand das Bierglas, vor sich hin brüteten. Antonia bestellte zwei Bier und einen Schnaps und sah über die Schulter, wie Brunske ihr folgte. Die beiden Männer hatten bei ihrer Bestellung kurz hochgeschaut, nur um gleich wieder in ihren Thekenschlaf zu versinken.

»Prost!« Antonia ließ Brunske erst etwas trinken und bestellte einen zweiten Schnaps. Dann fragte sie ihn nach dem Boot.

»Ihr Kahn hat einen sonderbaren Namen, Herr Brunske. Warum haben Sie es Milzbrandpistole getauft?«

Brunske wischte sich mit seiner großen Hand über das Gesicht. Dann kratzte er sich im Ausschnitt seines Hemdes. Er sah sie dabei nicht an, sondern starrte auf die polierte Theke.

»Damit halt ick mir die Leute vom Leibe!«, murmelte er trotzig.

Nach einer weiteren Pause erfuhr Antonia, dass das Boot ursprünglich Brunskes Vater gehört hatte und von diesem auch den Namen bekommen hatte.

»Herr Kvelsen hat mir erzählt, dass Ihr Vater das Land an die Mönkebergs verkauft hat.«

Antonia wusste, dass sie mit dieser Frage einen Wutausbruch riskierte, aber Brunske verhielt sich still. Er trank einen Schluck Bier und nickte.

»Det war mein Land, aber er hat et mir nich jejönnt, det Schwein!«

»Dann hatten Sie kein gutes Verhältnis zu Ihrem Vater?«

»Vahältnis? Det Vahältnis war Prüjel, nüscht weiter!«

»Das tut mir leid. Was war mit Ihrer Mutter?«

»Früh jestorben. Ick hatte nur meine Oma!«

»Björn Kvelsen hat mir erzählt, dass die Mönkebergs auf dem Grundstück Ihrer Großmutter gebaut haben. Das muss sehr schmerzhaft für Sie gewesen sein. Ich kann gut verstehen, dass Sie dann auf die Mönkebergs nicht gut zu sprechen waren. Aber eigentlich war doch Ihr Vater schuld, nicht die Leute, die das Land gekauft haben.«

Brunske schaute sie von der Seite an. Er schien nur halb zu verstehen, was sie sagte. Antonia bestellte ihm rasch ein zweites Bier.

»Haben Sie eine Ahnung, wie Frau Mönkeberg umgekommen ist?«

»Weeß ick nich, aber schade war et nich um sie!«

Brunskes Ton wurde bei der Erwähnung von Karin Mönkeberg wieder eine Spur aggressiver.

»Herr Brunske, Sie kennen sich hier aus auf der Insel. Ich hätte da mal eine Frage: Halten Sie es für wahrscheinlich, dass die Frauen von einem Stein erschlagen wurden, der aus dem Kliff gebrochen ist?«

Brunske starrte wieder vor sich hin und versank in eine Art depressiven Stupor. Antonia fragte ihn, ob er noch einen Schnaps wolle, und er nickte.

»Möchten Sie auch etwas essen?«

Brunske antwortete nicht. Dann nach einer Weile brummte er vor sich hin: »Det war nich der Wind. Det unten ist Aktivkliff. Die Steine brechen raus, aber sie rollen runter. Schräg. Hab ick oft jenug jesehen. Wenn die weiter unten gewesen wären, wo die Bäume oben stehen, da fällt schon mal een Brocken senkrecht. Aber nich da, wo die jefunden wurden!«

Er kippte seinen dritten Schnaps hinunter.

»Ja, aber warum mussten diese Frauen sterben? Was denken Sie?«

»Weeß ick nich. Woher soll ick det wissen. Aber vadient haben se et wol. Ick muss jetzt los. Ick muss die Fische vakoofen, ick hab se jemandem für heute Abend vasprochen!«

»Noch eine letzte Frage, Herr Brunske. Ich habe gehört, Sie mussten Ihren alten Hund einschläfern lassen und haben jetzt einen neuen?«

»Det hat mich eine Stange Geld jekostet. Zwei Schafe hat er jerissen. Den Neuen hat mir Björn Kvelsen gebracht. Hat ihn unten am Kliff jefunden, halb verhungert, dann hat er ihn hochgepäppelt und mir jeschenkt.«

»Ein Labrador?«, fragte Antonia gespannt.

»Weeß ick nich, wie der heißt. So 'n großer brauner. Björn zahlt mir auch det Hundefutter, Björn is 'n feiner Kerl. Ick muss los, denn juten Tach!«

Brunske stapfte mit schwerem Schritt aus der Kneipe hinaus. Den Wirt hinter der Theke grüßte er nicht. Antonia blieb noch einen Kaffee länger sitzen und bestellte die Rechnung. Sie musste alle Belege für die Spesenaufstellung sammeln, darauf legte Freese höchsten Wert. Zu den fünf Malt Whisky von Wietke kamen jetzt noch drei Korn und zwei Bier hinzu. Sie steckte den Zettel in ihre Brieftasche.

Also Björn hatte den Hund der Krankenschwester gefunden. Vielleicht wusste er gar nicht, dass der Hund dem Kliffopfer aus Potsdam gehört hatte. Antonia wählte seine Nummer, um ihm ihre neuesten Erkenntnisse mitzuteilen und ihn nach dem Hund zu fragen, aber nur sein Anrufbeantworter war eingeschaltet.

Als sie ihre Jacke überzog, um aufzubrechen, tippte ihr jemand auf die Schulter.

»Hallo, wen haben wir denn hier?«

Hinter ihr stand Henk Thiessow vom Gemeinderat.

»Sie trinken schon tagsüber?«, fragte er sie augenzwinkernd.

»Herr Thiessow, schön, Sie zu treffen. Nein, ich mag Kneipen tagsüber gar nicht, aber die Recherchen fordern einem so manches ab.«

»Ich bin hier, um das Versammlungszimmer für den Gemeinderat zu ordern. Bei uns im Dorf wird renoviert, da müssen wir diese Woche hierhin. Ich hab Sie hier mit Brunske sitzen sehen. Was wollten Sie denn von dem?«

»Ich suche das Gespräch mit allen möglichen Leuten, auch mit den schwierigen Zeitgenossen. Armin Brunske stand ja eine Zeit lang unter Verdacht, etwas mit dem Tod von Karin Mönkeberg zu tun zu haben.«

Thiessow winkte ab. »Unsinn. Das war doch ein Unfall. Und

außerdem: So 'n Mord braucht doch Planung, dazu wäre der doch viel zu hitzig.«

Antonia erzählte ihm von ihrem ersten Treffen mit Brunske.

»Brunske ist nicht gerade eine Zierde unserer Gemeinde. Aber die Leute tolerieren ihn. Vielen Menschen hier spricht er auch aus der Seele. Wir mussten nach der Wende viel Ausverkauf durch den Westen erdulden, und das macht die Leute sauer. Die meisten stecken es irgendwie weg, aber Brunske ist ein Dampfdruckkessel.«

Antonia reichte Thiessow die Hand.

»Ich bin fürs Erste weg aus dem Dorf. Man hat mich abgezogen!«

Antonia, die zumindest ein förmliches Bedauern von Thiessow erwartet hatte, wurde enttäuscht. Dieser hatte nur halb zugehört und trat von einem Fuß auf den anderen.

»Ich muss denn mal weiter. Bei uns gibt es heute Rinderrouladen. Eine Spezialität meiner Frau! Ich hoffe, Sie kommen nächstes Jahr wieder nach Rügen. Dann spricht auch hoffentlich keiner mehr über die Unfälle.«

»Herr Thiessow, eine letzte Bitte hätte ich noch! Ich brauche noch die Adresse einer Pension. Sie haben mich bei unserem ersten Treffen gebeten, nicht in der Pension nachzufragen, in der die Frau aus Köln gewohnt hat. Aber vor meiner Abreise wollte ich dort noch vorbei. Ich werde ganz dezent sein und jedes Aufsehen vermeiden ...«

Thiessow seufzte, nannte ihr Straße und Hausnummer und wünschte ihr viel Glück.

11

In der Pension »Möwenschrei« erfuhr sie, dass die Gäste aus Köln problematisch gewesen waren. Der Hund habe dauernd gejault, auch in der Nacht, das Kind viel geweint und das Paar laut gestritten.

»Erst als Frau Mierscheidt tot war, wurde es ruhig.« Die Pensionswirtin schnäuzte sich nachdrücklich die Nase. »Auf solche Gäste legen wir hier keinen Wert!«

Dann ging sie in das Wohnzimmer und kam mit einem Aktenordner zurück. Sie nannte Antonia Name und Adresse der Familie in Köln.

»Eine Telefonnummer habe ich nicht. Nur die E-Mail-Adresse. Ich hoffe, ich konnte Ihnen helfen.«

Antonia fuhr zurück zum Ferienhaus und suchte auf ihrem Notebook im Internet nach der Telefonnummer. Sie rief drei Teilnehmer mit dem Namen Mierscheidt in Köln an. Bei der dritten Nummer kam ein kleiner Junge an den Apparat. Antonia fragte ihn, ob sie seinen Vater sprechen könne. Der Junge schwieg eine Weile. Nach einer Pause sagte er nur: »Bitte«, und ein Mann meldete sich.

»Guten Tag. Es geht um die Todesfälle am Kliff in Rügen. Mich würde interessieren, ob Ihre verstorbene Frau Bekannte auf der Insel hatte?«

Der Mann war nicht sehr auskunftsfreudig. »Ich gebe keine Auskunft an die Presse!«

Antonia log einfach drauflos. »Ich bin nicht von der Presse. Hier spricht Klatt, Kripo Stralsund!«

Alles, was sie jedoch herausbekam, war, dass es der erste Urlaub der Familie auf Rügen war.

»Im Osten überhaupt!«, betonte der Mann. Es klang nicht so, als wolle er das Erlebnis wiederholen. »Aber meine Frau wollte ja unbedingt, und das ist dabei rausgekommen. Dabei hatte sie Erholung dringend nötig. Sie war ja immer viel unterwegs.«

»War sie berufstätig? Was hat sie gemacht?«

Der Mann hatte sich jetzt doch ein wenig warmgeredet.

»Ja, sie arbeitete auf Messen. Sie war oft wochenlang weg. Meistens in Berlin!«

Antonia trug die Informationen unter dem Namen der Kölnerin in ihr Notebook ein.

»Und hat Ihre Frau auf Rügen Bekanntschaften geschlossen?«

»Nicht dass ich wüsste. Sie wollte einmal abends jemanden treffen, einen Kollegen, den sie aus Berlin kannte. Aber dann ist sie doch nicht hingegangen. Wir haben ihn dann mal in Binz getroffen.«

Im Hintergrund hörte Antonia jetzt eine Frauenstimme. Der Mann rief ihr etwas zu, was Antonia nicht verstand. Offenbar hielt er die Hand über den Hörer. Dann hörte sie deutlich:

»Ja, Schatz, ist gut. Bis morgen!«

Antonia zögerte. Dann fasste sie sich ein Herz und fragte, mit wem er da spreche.

»Meine Freundin ist hier. Meine Frau und ich wollten uns trennen. Na, das hat sich ja jetzt erledigt.«

Antonia legte verwirrt auf. Es schien, als habe der Tod der drei Frauen viele Probleme gelöst. Sie öffnete eine andere Datei in ihrem Notebook und verglich die Profiltabellen, die sie für die Opfer angelegt hatte. Die einzige Gemeinsamkeit der beiden ersten Frauen war ein Hund. Karin Mönkeberg hatte keinen Hund. Die Krankenschwester hatte sich mit Erik getroffen, und Erik hatte auch Karin Mönkeberg in ihrem Haus besucht. Die Mönkeberg hatte einen Liebhaber, aber ihr Mann schien sich mit einer Mitarbeiterin zu trösten. Antonia hatte sich ein Diagramm gezeichnet, um Überschneidungen für die drei Opfer festzuhalten.

Viele Leute reisten mit Hund auf die Insel, es gab sogar neben den sogenannten Textil- und FKK-Stränden einen speziellen Hundestrand. Und Erik arbeitete als Callboy, das machte ihn aber nicht zum Mörder. Hatte jetzt nicht neben Mönkeberg auch der Mann aus Köln ein Motiv? Er wollte seine Frau aus dem Weg räumen, um mit der anderen zu leben. Aber wie war dann seine Verbindung zu den beiden anderen Opfern? Womöglich hatte jede Frau ihren eigenen Mörder, und die Serie war ein Copycat-Killing, eine Serie von Nachahmungen? Antonia starrte ratlos auf den Bildschirm ihres Notebooks, als das Telefon läutete. Es war Frau Pisch.

»Frollein Babe, ich war eben noch bei den Mönkebergs. Otto und ich haben den Rasen gemäht. Sie hatte immer so ein kleines Telefonbuch aus blauem Leder, aber ich glaube, die Polizei hat es mitgenommen. Aber auf der Schreibunterlage war mehrfach diese Rostocker Nummer gekritzelt. Vielleicht ist das ja die von dem Russen!«

»Tausend Dank, Frau Pisch. Sie haben mir sehr geholfen. Vielleicht kriege ich ihn ja dazu, sich mit mir zu treffen.«

Antonia wählte umgehend die Rostocker Telefonnummer. Erst nach langem Klingeln meldete sich am anderen Ende eine verschlafene Frauenstimme. Tatsächlich auf Russisch. Antonia legte rasch wieder auf. Sie würde es später noch einmal versuchen. So lange, bis ein Mann am anderen Ende abhob.

Björn kam um sechs Uhr vorbei. Antonia hatte Campari besorgt und zwei Gläser vorbereitet, und Björn hatte ihr ein Geschenk mitgebracht. Als Antonia das Papier entfernte, war es eine seiner Zeichnungen vom Opferstein am Kliff. Auf der Rückseite hatte er das Bild mit seinem Namen und einem Datum versehen. Es war erst ein paar Wochen alt. Antonia fiel ihm vor Freude um den Hals. »Das ist wunderbar! Die Zeichnung ist ja noch ganz neu. Ich werde sie hier auf Rügen rahmen lassen!«

Dann reichte sie ihrem Gast den Aperitif und schob ihn auf die Terrasse. »Wie findest du es hier?«

Björn war nicht sehr angetan von der Ferienhauskolonie.

»Das ist die Art und Weise, die Insel kaputt zu machen. Hier wohnen nur Touristen. Auch der Segelhafen wird nur von wenigen genutzt.«

Der Segelhafen war mit Europamitteln angelegt worden und sah tatsächlich ein wenig trostlos aus: eine große leere Betonfläche, neben der fest vertäute Boote dem Winter entgegendümpelten.

»Heutzutage kann man Mittel beantragen, die den Tourismus stärken. Aber man könnte sie auch sinnvoller verwenden. Wir vom Naturschutz wollten hier ein Naturkundehaus, wie es bei Schloss Granitz existiert, aber uns hat man nicht unterstützt.«

Antonia war ein wenig enttäuscht. Sie hatte etwas Romantischeres erwartet als einen trockenen Vortrag über die sinnvolle Verwendung von europäischen Geldern. Deshalb unterbrach sie ihn und fragte, wo sie essen würden. Björn hatte einen Tisch auf der Seebrücke in Sellin reserviert.

Sie fuhren in seinem Wagen, und Antonia lehnte sich zufrieden in die Polster zurück. Sie hatte wieder dieses Gefühl, genau am richtigen Ort zu sein. Einen Augenblick lang vergaß sie ganz ihren Auftrag und schaute verliebt zu ihrem Begleiter, der mit unbewegtem Gesicht auf die Straße schaute.

Als sie sich in Sellin über die Brücke kämpften, auf der ein starker Wind ging, legte Björn zu Antonias Entzücken schützend einen Arm um ihre Schulter. Im Restaurant wurde er jedoch sofort wieder reserviert. Antonia versuchte, ein wenig Leichtigkeit in ihr Treffen zu bringen.

»Du bist mein Gast, Björn. Wie versprochen. Heute verprassen wir Mönkebergs Spesen!«

Dann bestellte sie bei der Kellnerin zwei Prosecco, aber Björn winkte ab.

»Für mich Mineralwasser, bitte. Ich trinke nicht, wenn ich fahre!«

Antonia leerte rasch ihr Glas und bestellte sich ein zweites. »Worüber wolltest du denn mit mir sprechen?«

Björn schaute verlegen auf sein Gedeck und breitete die Serviette auf seinem Schoß aus, obwohl niemand servierte. Offenbar suchte er nach Worten.

»Ich hoffe, ich klinge nicht zu onkelhaft, aber Hannes Klenke hat mich neulich bei unserem Skatabend in alles eingeweiht, und ich habe ihm versprochen, dass ich dafür sorge, dass du die Insel verlässt. Falls der Mörder sich hier noch herumtreibt, könnte es für dich gefährlich werden.«

»Sehr komisch!«

»Was ist daran komisch?«

Antonia nahm einen großen Schluck Prosecco.

»Jeder will, dass ich abreise. Als wäre ich die einzige Frau auf Rügen!«

Trotzig trank sie noch einen großen Schluck. »Eure Sorgen sind aber völlig überflüssig. Erstens laufe ich nicht allein am Kliff entlang, zweitens bin ich offiziell abgereist. Und drittens …« Antonia nahm einen weiteren Schluck. »Drittens ist dies hier ja Rügen und nicht Chicago!«

Björn blieb hartnäckig. »Eben. Die Insel ist klein, und vor allem die Gegend bei uns unten ist überschaubar. Irgendeiner wird dich erkennen, und dann weiß es das ganze Dorf.«

»Ich kann jetzt nicht abreisen! Ich habe Mönkeberg versprochen, weiterzumachen!«

Björns Gesicht nahm einen bekümmerten Ausdruck an. Dann beschwor er sie mit leiser Stimme: »Antonia, ich mag dich sehr. Und deshalb bitte ich dich noch einmal: Reise ab! Es ist hier zu gefährlich für eine allein lebende Frau!«

Der Prosecco tat seine Wirkung, und Antonia versuchte keck zu klingen.

»Du kannst ja auf mich aufpassen!«, sagte sie und sah ihm dabei direkt in die Augen.

»Ich weiß nicht, ob ich der Richtige bin. Aber natürlich werde ich nach dir sehen, solange du hier bist.«

Antonia musste sich zusammennehmen, um ihm nicht von ihrem Anruf bei Erik zu erzählen. Die Geschichte mit dem Handy der Krankenschwester wollte sie weiter für sich behalten. Stattdessen berichtete sie Björn von ihrer Begegnung mit Brunske und fragte ihn nach dem Hund.

»Der Labrador kam mir halb verhungert im Wald entgegen, und ich habe ihn zu Brunske gebracht. Ich habe das auch der Polizei gesagt!«

»Schade, dass Hunde nicht sprechen können!«

»Wieso? Glaubst du mir nicht?«

»Doch, natürlich. Wenn es kein Unfall war, kann man davon ausgehen, dass der Labrador den Mörder gesehen hat!«

Björn antwortete nicht. Er blickte verloren irgendwohin, zu einem Punkt, zu dem ihm niemand folgen konnte, so schien es. Antonia wurde sein Schweigen unbehaglich.

»Björn, würdest du mir noch einen Gefallen tun? Ich möchte noch einmal in das Haus der Mönkebergs. Ich kann nur abends hin, wenn ich unerkannt bleiben will. Bitte komm mit. Lass uns nach dem Essen dorthin fahren!«

Björns Gesicht verschloss sich bei diesem Vorschlag, aber Antonia bettelte so lange, bis er nachgab.

Es regnete, als sie vor dem Ferienhaus der Mönkebergs ankamen. Antonia zog sich ihre Kapuze über und lief zum Eingang. Sie hatte eine Taschenlampe eingesteckt und suchte das Schlüsselloch. Drinnen ließ sie die Rollladen herunter, bevor sie Licht machte. Björn blieb im Flur stehen. Er zögerte, den Wohnraum der Mönkebergs zu betreten.

»Was willst du hier?« Seine Stimme klang verärgert.

»Ich frage mich, ob Karin eine Art Studio in diesem Haus hatte. Olaf hat mir gesagt, dass sie früher als Domina in Kiel gearbeitet hat. Etwas, von dem ihr Mann nichts wusste! Ich werde mir den Keller einmal näher ansehen.«

Antonia öffnete eine Tür, die jedoch in eine Besenkammer führte.

»Die Kellertür ist hier!«

Björn wies auf die mittlere von drei Türen. Antonia erstarrte. Sie dachte an Wietkes Bemerkung, ließ sich jedoch nichts anmerken. Sie ging auf die Tür zu und drückte die Klinke herunter. Es war die Gästetoilette.

»Antonia, warum sollte ich hierherkommen? Ist das ein Test?«

Antonia antwortete ihm nicht. Sie hatte jetzt den Treppenabsatz gefunden, der in den Keller führte.

»Hier ist es!«

Björn sollte nicht erfahren, dass sie ihn in Verdacht hatte, das Haus zu kennen. Sie lief rasch die Stufen hinunter, schaltete das Licht ein und öffnete alle Türen, die vom Hauptgang des Kellers abgingen. Es gab jedoch nur penibel aufgeräumte Räume mit Lebensmitteln, Gartengerät und Handwerkszeug. Eine weitere Tür führte in einen Heizungskeller. Björn stand oben an der Treppe und fragte sie ungeduldig, ob sie etwas gefunden habe.

»Nichts! Sie soll hier Kunden empfangen haben! Aber hier ist nichts Auffälliges zu sehen.«

Antonia warf noch einen Blick in den Heizungskeller, aber nirgendwo gab es einen Hinweis auf Karin Mönkebergs früheres Gewerbe. Björn rief ein zweites Mal. Er schien jetzt verärgert.

»Antonia, lass uns gehen, dieses Haus hat keine gute Atmosphäre!«

Im Wagen ließ Björn den Motor aufheulen und brachte sie mit hohem Tempo nach Gager zurück. Vor dem Ferienhaus stieg er aus und begleitete sie noch zur Tür.

Antonia zog ihren Schlüssel hervor, schloss jedoch nicht auf. Sie zögerte einen Augenblick, dann drehte sie sich plötzlich um und küsste ihn. Björn erwiderte ihren Kuss nicht. Ruhig schob er sie von sich.

»Ich komme am Freitagabend und schaue nach, wie es dir geht. Pass auf dich auf! Besser wäre es, du würdest abreisen!«

Dann ging er in großen Schritten zu seinem Wagen zurück. Antonia sah von der Haustür, wie die Lichter des Wagens sich um die Bucht herumbewegten, bis sie im Wald verschwanden. Dass er sie nicht geküsst hatte und sie ohne Bedauern nach Hamburg zurückschicken wollte, ärgerte sie. Aber vielleicht war seine Fürsorge ein Ausdruck von Zärtlichkeit. Antonia seufzte. Björn war ihr ein Rätsel.

Noch zweimal wählte sie die Rostocker Nummer, aber niemand meldete sich. Ihr Handyspeicher verzeichnete drei Anrufe auf der Mailbox. Einer war von ihrem Chef Freese, die beiden anderen Nachrichten stammten von Florian Niedlich, dem Organisten. Florian fragte, ob sie den morgigen Nachmittag mit ihm verbringen wolle. Er wolle sie zu einem Picknick einladen. Antonia war dankbar für diesen Vorschlag. Endlich etwas, das nichts mit den Todesfällen zu tun hatte.

12

Florian Niedlich kam gegen zwei Uhr vorbei, um sie abzuholen. Er fuhr einen altmodischen grünen Jeep, den er sich von einem Freund geliehen hatte. Als Antonia einstieg, sah sie sich suchend um.

»Hatten Sie nicht von einem Picknick gesprochen?«

Florian tat geheimnisvoll. »Ich entführe Sie nach Göhren!«

Während er den Wagen durch den Wald lenkte, sprach er unaufhörlich von seinen Konzerten und der Schwierigkeit, sich auf immer neue Instrumente einstellen zu müssen. Antonia hörte nur halb zu und schwieg. Ihre Gedanken waren bei dem gestrigen Abend, der durch den Besuch des Mönkeberg'schen Hauses einen so unangenehmen Ausklang gehabt hatte.

»Jede Orgel hat ihre Eigenart, und die muss man erst mal herausbekommen. Da ist es mit ein paar Tagen nicht getan. Das ist fast so wie mit den Menschen!«

Florian bog jetzt scharf nach rechts ab und hielt auf einem Parkplatz in Meeresnähe. Wegen der frischen Brise war heute kaum jemand am Strand. Nur ein einzelner Mann, der sich ab und an bückte, um Steine oder Muscheln aufzuheben und sie wieder wegzuwerfen, und eine Kleinfamilie, die unverdrossen trotz der Kühle in Badezeug Ball spielte. Antonia klappte ihren Kragen hoch und trottete lustlos neben Florian durch den Sand.

Dieser Künstler war ein komischer Vogel. Das mit dem Picknick war wohl gar nicht ernst gemeint gewesen. Halb bereute sie es schon, überhaupt mitgekommen zu sein, als Florian sie an die Hand nahm und vorwärtszog.

»Wir sind gleich da!«

Dann steuerte er einen der wenigen Strandkörbe an, die sein Hotel dort für die letzten Gäste hatte stehen lassen. Sie standen nur einen Meter vom Wasser entfernt. Florian schloss die hölzerne Absperrung des Strandkorbs auf, und zu Antonias Überraschung zog er einen gut gefüllten Korb vom Sitz, in dem neben einer Thermoskanne auch eine Flasche Wein, Brot, Schinken,

Wachteleier und Kuchen steckten. Antonia nahm im Strandkorb Platz, während Florian sich im Sand niederließ und den Inhalt des Korbes auf einer Decke arrangierte. Dabei sprach er unentwegt weiter und unterhielt sie mit komischen kleinen Geschichten von seinen Tourneen. Antonia entspannte sich allmählich. Ihr fiel auf, dass sie das erste Mal, seit sie auf der Insel war, unbeschwert lachen konnte. Sie traute sich sogar nach einer Weile, Florian von ihrer Arbeit und ihrer Zuneigung zu Björn zu erzählen. Florian hörte interessiert und verständnisvoll zu, ohne sie zu unterbrechen. Als er erfuhr, dass sie gar nicht für eine Zeitung arbeitete, schien er für kurze Zeit betroffen.

»Das klingt ganz schön gefährlich, was Sie da machen. Nehmen wir mal an, die Frau Ihres Klienten wurde ermordet. Dann könnten Sie dem Täter über den Weg laufen …«

Antonia spielte die Coole.

»Keine Sorge! Ich arbeite eng mit der Polizei zusammen!«, erläuterte sie großspurig.

In Wirklichkeit war sie froh, sich endlich ihre Probleme von der Seele reden zu können. Nach einer Stunde fühlte sie sich leicht und so gut wie lange nicht mehr. Und weil sie wollte, dass dieser Zustand anhielt, lud sie Florian ein, den Abend bei ihr zu verbringen.

Zu Hause, als die Wirkung des Weins verflog, machte sie sich Vorwürfe, dass sie Florian so viel erzählt hatte. Sie kannte ihn gar nicht, und trotzdem hatte sie ihm nicht nur Details ihrer Ermittlung, sondern auch ihre schwierige Beziehung zu Björn geschildert.

Florian erschien pünktlich um halb neun und brachte eine Flasche Prosecco und eine DVD der Coen-Brüder mit. Am Nachmittag hatten sie entdeckt, dass sie beide für deren Filme schwärmten. Antonia hatte in einem Restaurant in Sellin thailändisches Essen besorgt, und bald saßen die beiden vergnügt vor dem Fernseher, aßen ihr Reisgericht und schauten sich den Film an. Als der Prosecco zur Neige ging, erhob sich Antonia, um in der Küche Nachschub zu holen. Sie holte eine Flasche Weißwein aus dem Kühlschrank, die dort seit ihrem Einzug stand, und kicherte vor sich hin, als sie in den fremden Schubladen nach einem Korkenzieher suchte. Sie war ziemlich angetrunken, aber es machte ihr nichts aus. Florian folgte ihr und half ihr beim Suchen. Dabei sah er mit gespielter Dramatik auch im Putzschrank und hinter den Kochtöpfen nach, sodass beide in immer neue Lachsalven ausbrachen. Antonia ging noch einmal alle Schubladen durch und resignierte.

»Ich glaube, es gibt in diesem ganzen Haus keinen Korkenzieher!«

Florians Arme schlangen sich von hinten um sie und er zog sie sanft an sich.

»Wir brauchen vielleicht gar keinen Wein mehr!«, flüsterte er.

Antonia wand sich aus seinen Armen und meinte halbherzig: »Florian, das geht doch nicht!«

Florian drängte sie gegen die Küchenwand, hob ihren Kopf und küsste sie. Antonia ließ ihn gewähren und merkte, dass sie es sehr angenehm fand, von ihm geküsst zu werden, auch wenn sie sich Björn an seiner Stelle gewünscht hätte. Florians Küsse wurden drängender, und seine Leidenschaft war ansteckend. Sie war es, die ihn dann ins Schlafzimmer zog.

Am anderen Morgen lag sein heller Schopf neben ihr in den Kissen. Antonia stand auf und machte Frühstück. Sie hatte die Nacht mit ihm genossen, fühlte sich aber nicht glücklich. Eine Art Schuldgefühl gegenüber Björn, aber auch gegenüber Florian machte sich in ihr breit.

Ihr neuer Freund hingegen kam gut gelaunt zum Frühstückstisch und umarmte sie zärtlich. Er aß mit Appetit mehrere Scheiben Toast und erzählte von seinem bisherigen Leben als Organist. Er hatte schon etliche Auftritte in Westdeutschland gehabt und war jetzt das zweite Mal auf Rügen.

»Die Instrumente hier sind nicht immer in der besten Verfassung, aber die Kirchen sind wunderbar. Morgen Abend spiele ich in Bergen. Die Orgel dort ist gerade restauriert worden. Wirst du kommen?«

Antonia hatte die meiste Zeit während des Frühstücks geschwiegen. Sie zögerte mit der Antwort.

»Ich könnte mit Björn kommen!«
Florians enttäuschtes Gesicht stimmte sie um.
»Okay. Dann allein!«
Sie verabschiedete Florian, der zu einer Probe musste, mit gemischten Gefühlen, ging ins Haus und rief ihren Chef an, um ihm mitzuteilen, dass sie den Fall Mönkeberg abzuschließen gedenke. Freese tobte.
»Sie kommen umgehend zurück oder Sie sind entlassen!«
Antonia legte einfach auf. Mönkeberg hatte ihr zugesagt, dass er weiterhin für ihr Honorar aufkäme. So würde sie noch mindestens zwei Monate davon leben können. In der Zeit könnte sie einen neuen Job finden. Dann rief sie Gesine an. Von der Nacht mit Florian erzählte sie der Freundin nichts.
Bevor sie das Haus verließ, versuchte sie noch einmal die Nummer in Rostock. Diesmal meldete sich eine tiefe Männerstimme mit »Ja, bitte?«.
»Guten Tag. Mein Name ist Antonia Babe. Ich bin von der Hamburger Rundschau. Ich brauche für eine Geschichte über die Kliffunfälle auf Rügen noch ein paar Auskünfte über Karin Mönkeberg. Wären Sie bereit, mich in Rostock zu treffen und mit mir über Karin zu sprechen?«
»Nein!«
Antonia war verblüfft über die Direktheit der Antwort, gab aber nicht auf. Sie appellierte an die Freundschaft des Russen mit Karin und dass es um deren Ehre ginge. Die anderen Zeitungen hätten sie alle falsch dargestellt, und es wäre nun an ihm, zu sagen, wie sie wirklich gewesen war. Antonia war selbst erstaunt, wie viel Unsinn sie so schnell zusammenbrachte. Sie sprach schnell und immer schneller und wiederholte am Schluss noch einmal, wie wichtig es sei, die Erinnerung an Karin Mönkeberg ins richtige Licht zu rücken. Der Mann am anderen Ende hatte die ganze Zeit geschwiegen. Nach Antonias minutenlangem hastigem Plädoyer antwortete er nur knapp:
»Meinetwegen. Wann?«
»Wie wäre es morgen?«
»Okay. Achtzehn Uhr in der Kajüte am Hafen. Ich sitze an der Bar! Sie erkennen mich!«

Dann wurde aufgelegt. Antonias Hand zitterte ein wenig, als sie das Handy auf den Tisch legte. Was, wenn der Mann gefährlich war? In jedem Fernsehkrimi kam jetzt die russische Mafia vor, die machten vor nichts halt und kannten kein Pardon, jedenfalls im Fernsehen. Konnte sein Alibi zum Beispiel nicht nur vorgetäuscht sein? Wie hatte man das überhaupt überprüft? Klatt konnte sie nicht fragen. Er wollte sie zwar von der Insel haben, aber nicht, damit sie sich in Rostock mit einem Verdächtigen traf.

13

Um sich abzulenken, fuhr sie in einen Supermarkt nach Sellin und suchte nach Geleefrüchten. Im Süßwarenregal lagen sie ganz unten. Sie kaufte ein großes Paket mit bunter Mischung und fuhr zum zweiten Mal zu Frau Fegesack.

Das Haus und der Wall machten im morgendlichen Nebel einen unwirklichen Eindruck. Antonia rief mehrmals den Namen der alten Frau, aber nichts rührte sich jenseits des Walls. Vielleicht war sie unterwegs und sammelte Holz oder Kräuter.

Diesmal fand Antonia den Eingang zum Wall ganz leicht. Sie duckte sich und kroch durch den schmalen Gang. Er schien ihr heute enger als beim letzten Mal. Auf der anderen Seite wurde sie von aufgeregt gackernden Hühnern begrüßt. Die Haustür war verschlossen.

Antonia klopfte mehrmals heftig gegen die Tür. Dann ging sie um das Haus herum und sah durch die hinteren Fenster. Sie waren nahezu blind vor Schmutz, und im Inneren des Hauses war es dunkel.

Vom vorderen Teil hörte sie mit einem Mal ein leises Quietschen. Antonia lief zurück. Oben wurde ein Fenster geöffnet, und Frau Fegesack schaute heraus. Sie sah blass und krank aus.

Antonia wedelte mit der Tüte mit den Geleefrüchten.

»Da bin ich wieder, Frau Fegesack. Ich wollte Ihnen doch noch etwas bringen. Versprochen ist versprochen.«

Die Alte schloss das Fenster. Nach einer Ewigkeit hörte Antonia, wie sie innen einen Riegel zur Seite schob. Frau Fegesack trug ein geflicktes Nachthemd, das irgendwann einmal rosa gewesen sein musste, und ließ sich sofort auf einen Stuhl sinken.

»Sie sind krank, nicht wahr?«

Antonia fühlte an ihre Stirn. Die alte Frau glühte.

»Sie haben Fieber! Sie brauchen einen Arzt!«

Frau Fegesack machte eine abwehrende Handbewegung.

»Keinen Arzt, bitte! Mach mir Wadenwickel!«

Dann schleppte sie sich wieder die Treppe hoch. Antonia suchte nach Lappen, füllte eine verbeulte Schüssel mit Wasser und trug beides nach oben.

Frau Fegesacks Schlafzimmer bestand hauptsächlich aus einem alten Holzbett und einem Berg aus Federkissen. Rund um das Bett stapelten sich Kartons, Zeitungen und Kisten.

Antonia machte die Wadenwickel und kochte einen Tee.

Als sie zurückkam, hatte Frau Fegesack die Tüte mit Geleefrüchten auf ihrer Decke ausgeleert und aß davon. Wahrscheinlich hatte sie schon länger nichts mehr gegessen. Antonia wechselte die Wickel zweimal. Das Fieber schien wirklich zu sinken. Sie kochte noch einen großen Topf Kamillentee und brachte ihn der alten Frau ans Bett.

»Jemand muss sich um Sie kümmern, Frau Fegesack!«

»Geh mal zu Käte. Die mit den Bullen. Die soll kommen!«

Frau Fegesack schien schon zu schlafen, als Antonia zur Treppe ging. Als sie auf der Treppe war, rief Frau Fegesack sie jedoch zurück.

»Ich wollte Ihnen noch etwas sagen, Frollein …«

»Ja?«

Frau Fegesack hatte sich jetzt zwischen Kissen und Handtüchern aufgerichtet. Ihre Stimme krächzte, als sie versuchte, lauter zu sprechen.

»Bei der letzten Frau am Kliff habe ich einen Mann gesehen. Der hatte so eine grüne Jacke an. Und eine Kappe. Mit der hat er nach hinten gesehen!«

»Sie haben einen Mann gesehen? Mit einer Schirmmütze? Haben Sie das der Polizei erzählt?«

Frau Fegesack schloss die Augen und ließ sich in die Kissen zurücksinken.

»Nein. Habe ich nicht!«

Antonia hatte sich auf der Bettkante niedergelassen.

»Und dann hatte er noch einen Sack dabei. Auf dem Rücken hat er ihn geschleppt!«

Frau Fegesack flüsterte jetzt nur noch. Sie wirkte sichtlich erschöpft.

»Einen Sack? Der Mann schleppte einen Sack? Sie meinen einen Sack aus Jute?«

»Weiß nich, jedenfalls war er blau!«

»Also ein Plastiksack?«

Antonia musste an sich halten, die dürre Greisin nicht zu schütteln.

»Weiß nich …«

»Und das haben Sie der Polizei nicht gesagt?«

Die runden Kinderaugen von Frau Fegesack sahen störrisch zur Seite.

»Nein, habe ich nicht. Die wollten meinen Zaun wegräumen, haben sie gesagt, da habe ich geschwiegen.«

Antonia nahm nun Frau Fegesacks heiße Hand.

»Versuchen Sie sich bitte zu erinnern. Also, da war ein Mann mit einer Kappe und einem blauen Sack. Was hat er gemacht?«

»Ist zum Kliff runter.«

»Und dann?«

»Ich habe weiter Kräuter gesucht. Und als ich ans Kliff kam, lag da die Frau in dem Schlafanzug.«

Auf der Stirn der Alten stand jetzt wieder der Schweiß. Antonia betupfte sie mit einem Handtuch.

»Frau Fegesack, warum haben Sie das verschwiegen? Vielleicht haben Sie den Mörder der Frau gesehen!«

Frau Fegesack fing an zu jammern.

»O Gott, o Gott. Aber die waren so unfreundlich. Einer von denen hat nach meiner Katze getreten, weil sie die Krallen gezeigt hat. Meine Katze mag partout keine Männer. Und dann wollten sie nicht mehr durch den Zaun kriechen, wollten eine Schneise brechen. Wegen der Feuerwehr, haben sie gesagt!«

Antonia wurde wieder ungeduldig.

»Also noch mal, Frau Fegesack! Sie waren unten am Kliff. Hat der Mann Sie gesehen?«

»Weiß ich nich …«

»Frau Fegesack! Dieser Mann ist sehr böse. Wenn er Sie gesehen hat, dann ist das für Sie gefährlich. Sie sind eine Zeugin. Und wenn er weiß, dass Sie ihn beobachtet haben, wird er Sie vielleicht auch umbringen wollen …«

»Der hat mich nicht gesehen. Das habe ich auch Herrn Kvelsen gesagt.«

Antonia zuckte zusammen.

»Herr Kvelsen war hier?«

»Ja, gestern. Und er hat mir Gurken gebracht. Er hat mich auch gefragt, wen ich am Strand gesehen habe. Ich hab gesagt, Sie wissen doch, die Frau in dem Schlafanzug. Das habe ich gesagt! Aber er war gestern nicht so nett, wie er sonst immer ist. Er hat mich nach den Tieren gefragt!«

»Was für Tiere? Wonach hat Herr Kvelsen gefragt?«

»In meiner Hecke. Vorn zum Weg. Da hängt doch der Kopf von dem toten Kaninchen, und links daneben hängt die Ratte!«

Frau Fegesacks Stimme bekam einen Anflug von Stolz.

»Das sind meine Wächter! Die habe ich doch schon tot gefunden. Das habe ich Herrn Kvelsen gesagt! Aber weil er nicht nett war, habe ich nichts von dem Auto gesagt!«

»Welches Auto?«

Antonia war wie elektrisiert.

»Ich habe mich in die Büsche geduckt, als das Auto kam. Aber ich hab den Mann nicht erkannt. Der Mann ist mit einem Auto gekommen. Dann hat er angehalten und den Sack ausgeladen und zum Kliff getragen. Und später lag da die Frau!«

»Was war das für ein Auto? Welche Marke?«

Frau Fegesack starrte vor sich hin.

»Weiß nicht.«

»Können Sie sich an die Farbe erinnern? Welche Farbe hatte das Auto?«

»Grün. Ich muss jetzt die Hühner füttern!«

Damit wollte sie aufstehen, aber Antonia drückte sie sanft in die Kissen zurück.

»Wenn Sie mir sagen, wo das Futter steht, dann streue ich etwas hin! Ich mach das schon, keine Sorge! Wir hatten früher auch jede Menge Hühner …«

Antonia wunderte sich, wie sie bei diesem Fall mühelos lügen gelernt hatte.

Unten in der Küche zog sie mit zitternden Händen ihr Handy aus der Tasche. Sie hatte die Nummer von Kommissar Klatt in Stralsund gespeichert.

»Herr Klatt, ich brauche dringend eine Information zum Wagen von Frau Mönkeberg. Wurde er gründlich untersucht? Ich habe den Verdacht, die Leiche wurde ans Kliff transportiert. Vielleicht sogar mit Karin Mönkebergs Wagen!«

Am anderen Ende war es zunächst still. Dann antwortete der Kommissar mit neutraler Stimme: »Wir haben im oder am Wagen keine Spuren gefunden. Sollten Sie nicht die Insel verlassen, Frau Babe?«

»Ja, ich weiß. Aber ich bin ein freier Mensch. Wahrscheinlich inzwischen gekündigt, sodass ich mich hier als Privatperson aufhalte. Ich mache Ferien. Aber ich bin nicht mehr im Dorf. Das Büro von Herrn Mönkeberg hat mir ein Ferienhaus gemietet.«

»Dann glauben Sie also nicht, dass Herr Mönkeberg etwas mit dem Tod seiner Frau zu tun hat?«

Antonias Stimme wurde schroff.

»Nein, das glaube ich nicht. Und Sie auch nicht. Geben Sie es doch zu. Erstens wäre der doch gar nicht in der Lage, eine Gewalttat zu begehen, so mickrig, wie der ist. Zweitens, wenn jemand die Frau morgens zum Kliff geschleppt hat, sagen wir zwischen fünf und sechs, um diese Zeit wurde der Mann nämlich dort unten beobachtet, dann kann er nicht um acht wieder in Hamburg im Büro gewesen sein. Mönkeberg ist noch in derselben Nacht nach Hause gefahren.«

Am anderen Ende entstand eine kleine Pause.

»Ich sehe mir die Untersuchungsergebnisse zu dem Wagen noch mal genauer an. Woher haben Sie Ihre neuen Informationen?«

»Das kann ich Ihnen nicht sagen. Erst wenn Sie Ihre Untersuchungsergebnisse vorliegen haben, Herr Kommissar!«

Antonia bereitete Frau Fegesacks Hühnern ein Festmahl und kroch durch die Hecke auf den Waldweg zurück. Unterwegs machte sie bei dem Hof mit der Bullenzucht halt und bat die Bäuerin, am Abend nach Frau Fegesack zu sehen.

Dann fuhr sie zum Haus der Mönkebergs. In der Garage stand der grüne Jaguar. Sie öffnete den Kofferraum. Er war leer und sah aus wie neu. Auch auf dem Hintersitz lag nichts, und die Ledersitze wirkten wie poliert.

In der Garage befanden sich an einer Wand Flaschen mit Autopflegemitteln und ein gelber Plastikeimer mit Schwamm. Blaue Säcke waren nicht zu sehen. Frau Pisch würde vielleicht wissen, ob es diese Säcke im Haus gab. Andererseits könnte der Mörder auch einen Sack mitgebracht haben.

Vorsichtig ging sie den Gartenweg hinunter und schaute nach, ob jemand die Straße entlangkam. Nur zwei Radler und ein Pkw fuhren vorbei. Antonia setzte ihre Sonnenbrille auf und zog die Kapuze ihres Sweatshirts über den Kopf. Sie wollte auf keinen Fall erkannt werden. Dann stieg sie in den Leihwagen und fuhr in Richtung Dorf.

Unterwegs dachte sie unentwegt an Frau Fegesacks Beobachtung. Ein Mann mit einem blauen Müllsack. Ein normaler Müllsack wäre zu klein, um einen Körper aufzunehmen.

Frau Fegesack hatte aber von einem Sack gesprochen. Sie hätte gesehen, wenn ein toter Körper nur unvollständig bedeckt gewesen wäre. Vielleicht gab es größere Säcke, zum Beispiel für Gartenmaterial oder in Häusern, die viel Abfall produzierten.

Antonia bog in die Dorfstraße ein und kam an der »Reuse« vorbei. Erik war wieder da und stellte Tische und Stühle auf die Terrasse. Eigentlich war es zu kühl, um draußen zu sitzen, aber am Nachmittag wollten manche Gäste im Mantel dort sitzen und ihren Kaffee oder Grog trinken.

An der Seitenwand der »Reuse« reihten sich die großen Müllcontainer. So ein Restaurant brauchte bestimmt große Säcke für seine Abfälle. Leider konnte sie nicht anhalten, um Erik zu fragen. Dann hätte er gewusst, dass sie immer noch nicht abgereist war.

14

In Gager stand Florians grüner Jeep vor der Tür des Ferienhauses. Als Antonia einparkte, sprang er aus dem Wagen, kam auf sie zu und umarmte sie stürmisch.

»Ich habe es nicht ausgehalten ohne dich. Als die Probe vorbei war, bin ich gleich wieder hierhin, um dich zu sehen.«

Antonia war gerührt, gab sich aber kühl. Sanft schob sie ihn von sich weg.

»Florian, ich habe zu tun! Aber wenn du schon einmal hier bist, kannst du mir einen Gefallen tun und mich ans Kliff begleiten. Ich wollte dort fotografieren.«

Florian war einverstanden und stieg zu ihr in den Wagen. Unterwegs legte er den Arm um sie und summte glücklich vor sich hin. Antonia hoffte inständig, dass sie Björn nicht begegneten.

Das Kliff lag friedlich da im milchigen Schein der Herbstsonne. Die See war ruhig und das Wasser spiegelglatt. Antonia fotografierte die Findlinge und den Stein, den man Opferstein nannte, von allen Seiten, zoomte ihn heran und machte mehrere Nahaufnahmen. Dann erwähnte sie Björns Zeichnungen und fing an, ihre Fotos mit ihnen zu vergleichen.

»Auf Björns Zeichnung bilden die Steine einen sauberen Halbkreis, und der Opferstein liegt genau in der Mitte. Hier im Meer liegen die Findlinge eher ungeordnet!«

Florian warf flache Steine ins Wasser.

»Björn hat hier unten sehr viel gezeichnet. Hier ist Aktivkliff, da ändert sich dauernd das Motiv!«

Florian antwortete nicht.

»Björn ist ein sehr begabter Zeichner. Du solltest mal seine Arbeiten sehen, fotografisch genau!«

Florian schmiss jetzt wütend einen dicken Stein ins Wasser.

»Björn, Björn, Björn! Du bist ja ganz erfüllt von diesem Kerl. Was hat er denn, was ich nicht habe? Björn ist kein Mann für dich, er ist kompliziert. Er erinnert mich in seiner Askese immer an einen Mönch!«

»Weil du eifersüchtig bist, musst du ihn nicht runtermachen«, sagte Antonia kühl. Als sie Florians betroffenes Gesicht sah, wurde sie milder.

»Florian. Ich bitte dich. Sei nicht beleidigt. Wir fahren gleich nach Hause und kochen was Schönes, ja?«

Florian schnitt eine Grimasse. Dann stieg er die Treppe zum Kliffrand hoch und schaute von oben auf sie herab. Antonia wandte sich noch einmal dem Opferstein zu. Als sie Florian auf seine verschiedenen Färbungen aufmerksam machen wollte, war er verschwunden. Sie schaute sich um, aber es war, als hätte ihn der Erdboden verschluckt.

»Florian!«

Keine Antwort. Antonia ging ein paar Schritte in Richtung der hohen Kliffwände, an denen der Strand eine Biegung machte, und rief noch einmal seinen Namen. Dann hörte sie ein dumpf tönendes Geräusch, das aus der Nähe der Treppe kam. Sie lief zurück, konnte aber nichts entdecken. Sie wurde unruhig und rief mehrmals Florians Namen. Plötzlich erschien sein Kopf über der Treppe.

»Hier bin ich! Komm mal her, ich habe etwas Interessantes entdeckt!«

Erleichtert lief sie zu ihm hin. Florian reichte ihr von oben die Hand und zog sie ein wenig am Rand des Kliffs entlang.

»Schau dir das mal an! Ich habe hier den Eingang zu einer Art Höhle gefunden. Ich bin reingeklettert, und unten gibt es einen Spalt, durch den man auf den Strand sehen kann. Von dort habe ich dich gerufen. Es klang so dumpf, weil die Höhle so eng ist.«

»Ist was drin? Vielleicht ist es ein Tierbau?«

»Das denke ich nicht. Unten lag zwar nur Geröll, aber der Form nach sieht es aus, als habe hier jemand einen Schacht gebaut.«

Antonia ließ sich jetzt selbst in den engen Eingang der Höhle hinab. Als ihre Füße den Grund erreichten, konnte sie gerade stehen. Neben sich hatte sie nur jeweils zwanzig Zentimeter Platz. In Höhe ihres Kopfes jedoch gab es einen großen Spalt, der außen von herabhängenden Zweigen verdeckt war. Sie griff hindurch und schob den grünen Vorhang mit einer Hand zur Seite.

Von hier hatte man eine gute Sicht auf den Strand unterhalb des Kliffs. Ein perfekter Standort, wenn man den Strand beobachten und selbst nicht gesehen werden wollte. Die ganze Höhle war jedoch so dunkel, dass sie kaum ihre Füße erkennen konnte. Da sie mit dem rechten Fuß etwas ertastete, ging sie vorsichtig in die Knie und streckte ihre Hand danach aus. Sie streifte etwas Weiches, Glattes. Langsam zog sie es herauf und rief nach Florian. Er steckte seinen Kopf durch den Eingang und fragte besorgt, ob sie nicht wieder hochkommen wolle.

»Hier, nimm mal!«

Dann griff sie nach Florians Hand und kletterte ans Tageslicht zurück. Es war ein großer blauer Plastiksack. Frau Fegesack hatte also richtig gesehen.

»Sehr gründlich kann die Polizei hier ja nicht gesucht haben. Sonst hätten sie doch die Höhle entdeckt!«

»Wegen der Unfälle? Da haben die sich bestimmt nur unten umgesehen. Ich habe den Eingang eben auch nur zufällig entdeckt. Das Gras davor ist sehr hoch, und er liegt ziemlich nahe am Rand des Kliffs.«

Als Antonia den Sack vorsichtig zusammenrollte und mitnehmen wollte, schaute Florian sie verständnislos an:

»Was willst du denn mit einem Müllsack?«

Antonia antwortete nicht. Wenn die Polizei DNA-Spuren von Karin Mönkeberg an diesem Sack fände, dann hätte Frau Fegesack recht gehabt mit ihrer Beobachtung. Sie wollte aber Florian keinesfalls in diese Zusammenhänge einweihen.

»Kann ich vielleicht für Gartenabfälle gebrauchen, sieht ja noch ganz gut aus.«

»Die kriegst du doch in jedem Supermarkt.«

»Aber nicht in dieser Größe.«

»Hast du denn in Hamburg einen Garten?«

Um ihn abzulenken, legte Antonia ihre Arme um seinen Hals und küsste ihn auf den Mund.

»Komm mit. Hilf mir suchen. Ich will sehen, ob man die Öffnung der Höhle vom Strand aus sehen kann. Hören konnte ich dich gut.«

Sie gingen am Strand entlang bis zu der Stelle, an der sich die

Höhle befinden musste. Florian klopfte die Wände ab, aber nichts deutete auf einen Hohlkörper hin. Dann erkannte Antonia am Kliffrand den Busch mit den dünnen Zweigen.

»Dort oben muss es sein. Der Spalt ist von hier unten kaum zu erkennen. Er wird von den herabhängenden Zweigen verdeckt.«

Vielleicht kennt überhaupt nur der Mörder die Höhle, ging es Antonia durch den Kopf. Sie zog ihre Kamera heraus und fotografierte die Felswand mit dem Gebüsch an der Abbruchkante. Dann schmiegte sie sich dankbar an Florian. Ohne es zu wissen, hatte er sie wahrscheinlich ein großes Stück weitergebracht.

15

Auch diesmal blieb Florian über Nacht. Antonia fühlte sich durch seine Anwesenheit beschützt. In der Nacht wurde sie einmal kurz wach und meinte etwas gehört zu haben. Als schliche jemand ums Haus. Sie stand auf und öffnete leise das Fenster. Draußen war jedoch alles sehr still. Es ging ein sanfter Nieselregen, und vom Hafen hörte sie nur das leise Klirren der Segelstangen auf den Booten. In der Frühe stand sie vor Florian auf und machte Frühstück. Antonia hörte, wie er im Schlaf leise schniefte.

Sie holte ihre Kamera hervor und besah sich die Fotos, die sie am Vortag gemacht hatte. Das letzte Bild war das Foto mit der Kliffwand. Sie versuchte, den Ausschnitt mit den Zweigen so weit wie möglich zu vergrößern. Als der Ausschnitt die maximale Größe erreicht hatte, konnte sie hinter den Zweigen einen schwarzen Schatten in der Art eines Schießschachts entdecken. Das war es: Die Höhle hatte vielleicht früher als Beobachtungsschacht der NVA gedient. Man hatte von dort aus einen guten Blick auf den Strand und geradeaus auf das Meer.

Brunske fiel ihr ein. Vielleicht wusste der über die Höhle Bescheid. Sie musste ihn noch heute anrufen und fragen. Aus dem Schlafzimmer ertönte ein lautes Gähnen, dann erschien Florian in der Tür. Er gähnte noch einmal herzhaft, fuhr sich durch die Haare, und Antonia sah mit Wohlgefallen, wie er zum Fenster ging und seinen nackten Oberkörper dehnte und reckte. Dann goss er sich Kaffee ein und küsste sie auf den Nacken. Antonia reichte ihm die Kamera mit der Vergrößerung des Kliff-Fotos.

»Was sagst du dazu?«

Florian pfiff leise durch die Zähne. »Du hast recht. Das könnte etwas Militärisches sein. Eine natürliche Höhle wäre auch nicht so gleichmäßig geformt. Man konnte sich ja ohne Weiteres über zwei Stufen hinunterlassen.«

»Vielleicht ist es ja nicht die einzige auf der Insel. Ich werde Brunske fragen, der müsste es eigentlich wissen.«

»Der mit der Knarre? Ich hoffe nicht, dass er wieder seine

Touren hat und auf dich schießt. Soll ich nicht besser mitkommen?«

»No, my dear Watson. Du bleibst da! Das muss ich allein machen!«

Am frühen Vormittag fuhr Florian nach Bergen, um für sein Konzert zu proben. Antonia wartete eine Weile, um sicherzugehen, dass er nicht noch einmal zurückkam. Dann zog sie sich Gummihandschuhe an, die sie unter der Spüle gefunden hatte, und öffnete ihren Kofferraum. Vorsichtig zog sie den Sack heran und entrollte den oberen Rand. Sie hatte bemerkt, dass dort ein Firmenname eingeprägt war. Darunter fand sie jetzt die Ergänzung »Gastronomiebedarf«.

Also hatte sie richtig gesehen. Diese Säcke steckten auch in den Containern der »Reuse«. Eventuell stammte der Sack sogar aus der »Reuse« selbst, oder jemand hatte ihn dort entwendet. Vorsichtig legte sie den Sack in einen Karton und verbarg diesen im Kofferraum.

Dann fuhr sie zu Brunske. Das Gartentor des Anwesens stand heute offen. Neben der Haustür hing ein Schild mit dem verblassten Namenszug des Hausbewohners. Einige Buchstaben waren unleserlich, sodass dort nur noch »B.un..e« geschrieben stand. Antonia klopfte mehrmals.

Es dauerte etwas, bis Brunske an die Tür geschlurft kam. Er sah sie grimmig an. Er hatte eine ziemliche Fahne, sah aber sonst manierlich aus.

»Wat is'n?«, grunzte er zur Begrüßung.

»Herr Brunske, ich hätte nur noch eine letzte Frage. Dann bin ich wieder weg. Ich war mit einem Freund am Kliff, und wir haben da eine Höhle entdeckt. Kann es sein, dass die noch aus der DDR-Zeit stammt?«

Brunskes Augen zogen sich zu einem Schlitz zusammen.

»Wat wollen Se det denn wissen?«

»Sie waren doch bei der Armee. Ich hatte den Eindruck, die Höhle diente Beobachtungszwecken.«

Brunske richtete sich auf und fragte plötzlich in normalem Ton, ob sie hereinkommen wolle.

Antonia folgte ihm überrascht. Drinnen bot Brunske ihr einen Stuhl an.

»Wollen Se Kaffe?«

Antonia nickte. Ihr Gastgeber schob eine Tasse vor sie hin und goss ein. Antonia sah mit Skepsis in das tiefschwarze Gebräu. Brunske schob ihr eine Plastikflasche mit Kondensmilch neben die Tasse. Dann schlurfte er wortlos ins Nebenzimmer. Nach einer Weile, in der Antonia den kargen Kosmos seines Wohnzimmers studierte, kam er mit einer grauen Plastikmappe zurück und kippte einen Haufen Zettel und Papiere auf den Tisch.

»Det war det Kliff. Als et noch uns jehörte.«

Antonia sah auf eine grafische Wiedergabe des Kliffs von oben. In regelmäßigen Abständen waren dort in Rot kleine Vierecke eingezeichnet. Am Südkliff hatte man offenbar alle fünfhundert Meter Löcher in die Erde eingelassen und mit Sehschächten versehen.

»Bei uns unten gab es circa fünf solcher Posten«, fuhr Brunske nach einer Weile fort.«

Brunske sprach zu Antonias Erstaunen plötzlich in korrektem Hochdeutsch.

»Sie stammen noch aus der Nazi-Zeit und wurden dann von unserer Armee genutzt. War mehr 'ne Spielerei. Manchmal wurde jemand bestraft und musste dann den ganzen Tag dort stehen. Aber was konnte der mehr tun, als auf Badegäste zu schauen und die Schiffe zu zählen. Wir guckten ja hier unten eh nur bis Greifswald.«

»Aber wenn der Klassenfeind gekommen wäre, hätte man in Rügen eine Bastion gehabt!«, lachte Antonia.

Brunskes Gesicht verfinsterte sich.

»Für Sie is det wohl allet een Spaß!«

Antonia beeilte sich, das Thema zu wechseln.

»Und weiß man im Dorf von diesen Posten?«

»Die älteren Leute wissen das vielleicht noch. Und sonst nur der Gemeinderat. Der hat ja auch veranlasst, dass einige verschwanden. Ein paar der Posten wurden nach der Wende zugeschüttet, andere nicht. Da gab es Stunk zwischen Thiessow und Björn Kvelsen. Björn wollte, dass man die Posten erhält. Er wollte, dass man bei Rügenführungen auch die Schächte besichtigen kann. Aber er konnte sich nicht durchsetzen.«

Wieder Björn. Antonia blieb kurz das Herz stehen, als sein Name fiel.

Als sie zur Tür ging, kam ihr Brunskes Hund entgegen. Es war tatsächlich ein kräftiger brauner Labrador, der sie freundlich wedelnd begrüßte.

»Der Hund von der verstorbenen Frau Kniep, wenn ich mich nicht irre.«

Brunske, der auf einmal sehr alt und gebeugt wirkte, streichelte den Kopf des Hundes und murmelte: »Det is allet, wat ick habe. Den anderen musste ick ja wegjeben …«

Antonia kniete nieder und streichelte den Labrador. »Ein schönes Tier!«

Dann brachte sie mit Mühe den letzten Schluck von Brunskes lauwarmer Kaffeebrühe hinunter und dankte Brunske für seine Auskünfte. Beim Hinausgehen fiel ihr das Herbstfest ein.

»Kommen Sie auch am Wochenende zur alten Scheune?«

»Mich will da keener!«

»Ach was! Sie gehen mit uns. Björn Kvelsen und ich holen Sie gegen drei Uhr ab, einverstanden?«

Brunske schaute sie misstrauisch an. Antonia wartete seine Reaktion nicht ab.

»Also, bis morgen Nachmittag dann! Und vielen Dank für den Kaffee!«

Auf dem Weg nach Rostock ging ihr Handy. Es war Kommissar Klatt aus Stralsund.

»Liebe Frau Babe, da Sie ja trotzigerweise immer noch Ihren Geschäften auf der Insel nachgehen, können Sie uns vielleicht helfen. Die neuerliche Untersuchung hat definitiv ergeben, dass Karin Mönkeberg durch einen stumpfen Gegenstand, eine Art Eisen, ermordet wurde. Wir werden jetzt die beiden anderen Frauen auch noch einmal obduzieren müssen. Aber im Gegensatz zu denen hat Karin Mönkeberg offenbar etwas verloren. Einen Manschettenknopf. Wahrscheinlich unsere einzige Spur zum Mörder. Das hatte ich Ihnen bisher verschwiegen, aber jetzt glaube ich, dass Sie es wissen sollten. Frau Mönkeberg trug unter ihrem Jogginganzug eine weiße Bluse, an der ein Manschettenknopf fehlte, als man sie fand. Wir haben diesen Knopf weder am Kliff noch in der Wohnung finden können. Wir haben das Umfeld minutiös abgesucht. Halten Sie die Augen offen! Ich schicke Ihnen ein Foto des anderen Knopfes von unserer Spurensicherung.«

Antonia erzählte Klatt von dem Müllsack und seinem Fundort. Klatt schwieg betroffen.

»Am besten, Sie schicken jemanden, der den Sack abholt, damit er analysiert werden kann«, schlug Antonia vor.

»Haben Sie nachgesehen? Vielleicht ist der Manschettenknopf in diesem Müllsack?«

Antonia hatte den blauen Plastiksack jedoch gründlich untersucht und musste verneinen. Klatt versprach, am nächsten Morgen einen Kurier zu schicken.

16

Gegen sechzehn Uhr dreißig fuhr sie über den Rügendamm in Richtung Rostock. Bei der Einfahrt in die Stadt hatte sie rechts von sich das Meer liegen. Nach ihrer Karte musste sie nur weiter auf dieser Straße fahren, dann kam sie an den Hafen.

Die »Kajüte« gehörte zu den neuen Kneipen, die man direkt in die Docks gebaut hatte. Das Lokal war fast leer, nur an der Theke saßen drei einzelne Männer.

Als sie eintrat, sahen alle drei von ihren Biergläsern hoch und starrten in ihre Richtung. Der Mann, dessen Glatze wie poliert glänzte, musste der russische Freund der Mönkeberg sein. Er überragte die beiden anderen Gäste um ein gutes Stück. Sein muskulöser Körper schien die XXL-Anzugjacke zu sprengen, und im Ausschnitt seines Hemdes hing eine Goldkette mit Kreuz.

Antonia ging zu ihm. Der Mann machte keine Anstalten, aufzustehen.

»Antonia Babe, Hamburger Rundschau. Schön, dass Sie kommen konnten!«

»Ich bin Boris!« Er sprach es russisch wie »Barieß« aus.

»Möchten Sie etwas trinken?«

Ohne ihre Antwort abzuwarten, bestellte er zwei Schnäpse.

»Also, was möchten Sie trinken? Und was möchten Sie wissen?«

»Fürs Erste einen Kaffee. Und dann würde mich interessieren, wie Sie Frau Mönkeberg kennengelernt haben.«

Boris stand auf und zog sich seine Anzugjacke aus.

»Ist Ihnen warm?«

»Prost!«

Boris kippte den ersten der beiden Schnäpse in einem Schluck hinunter. Als er seinen rechten Arm zum Mund führte, sah Antonia, dass er über und über mit Tätowierungen bedeckt war. Ein Anker, zwei Schlangen und ein Delphin tummelten sich abwechselnd mit kyrillischen Buchstaben auf dem Oberarm. Den Unterarm zierten ein Dolch und ein Kreuz.

»Also, wie haben Sie sich kennengelernt?«

»Das war in St. Petersburg. Ihr Mann war dort auf Geschäftsreise, und während er tagsüber in Besprechungen war, hat sich Karin gelangweilt. Ich habe sie in einem Café gesehen, und sie hat mich an ihren Tisch gebeten. So sind wir ins Gespräch gekommen und dann später in ein Hotel gegangen.«

»Ich dachte, Karin hatte Probleme mit Männern?«

»Mit mir nicht. Möchten Sie doch einen Schnaps?«

Als Antonia den Kopf schüttelte, prostete Boris ihr erneut zu.

»Und Sie sind bei der Marine?«

»Jetzt nicht mehr. Meine Frau und ich betreiben ein Importwarengeschäft für russische Spezialitäten.«

»Oh, dann herzlichen Glückwunsch!«

»Wozu?«

Antonia spielte die Naive. »Zu Ihrer Hochzeit!«

»Wir sind schon fünfzehn Jahre verheiratet.«

»Ach! Wusste Ihre Frau denn von Ihrem Verhältnis mit Karin?«

»Nein. Frauen müssen so etwas nicht wissen.«

Antonia schwieg und nahm einen Schluck Kaffee. Ob Boris außer der Putzfrau noch andere Leute auf Rügen kannte?

»Aber hätte Ihre Frau es wissen können? Waren Sie beide schon einmal gemeinsam auf Rügen, oder haben Sie vielleicht gemeinsame Bekannte, die von Ihrem Verhältnis zu Karin wussten?«

Boris zündete sich eine Zigarette an und bestellte sich noch einen Schnaps und ein Pils.

»Was sollen diese Fragen? Wollen Sie meine Frau verdächtigen? Wir waren beide in St. Petersburg, als Karin starb. Lara hat von der Polizei erfahren, dass eine Bekannte von mir gestorben ist, aber sie stellt keine Fragen. Sie ist ein bisschen lethargisch, wissen Sie. Wenn sie genug Schuhe kaufen kann, ist sie ganz zufrieden!«

»Glauben Sie denn, dass Karin Mönkeberg Feinde hatte? Halten Sie ihren Mann für den Täter?«

»Nein. Wenn, dann hat er jemand anderen beauftragt! Aber ich denke nicht. Mönkeberg hat Karin von Anfang an viel Freiheit gelassen. Er wusste von mir. Karin hat mir erzählt, dass er so einen Schwachkopf von Detektiv auf sie angesetzt hat, aber nicht aus Eifersucht. Er wollte im Falle einer Scheidung sichergehen, dass er etwas gegen sie in der Hand hat.«

»Wieso Scheidung? Wollte sich seine Frau denn von ihm trennen?«

»Ja, sie wollte unbedingt mit mir zusammenleben, nach England oder Schweden gehen …«

»Und Sie?«

»Ich wollte das nicht. Ich bleibe bei Lara, das habe ich Karin auch gesagt. Das hat sie aber nur noch mehr angemacht. Sie war eben so ein Typ, den das antörnt, wenn man ihn nicht will …«

»Boris, Sie scheinen etwas von Frauen zu verstehen!«, meinte Antonia sarkastisch.

Boris lächelte sie an. In den unteren Backenzähnen glänzte viel Gold. Seine Halskette und seine protzige Uhr machten ebenfalls einen teuren Eindruck. Der Tod von Karin Mönkeberg schien ihn nicht sonderlich zu berühren. Ob die Mönkeberg ihn bezahlt hatte? War er vielleicht so etwas wie ein russischer Erik?

»Wie gehen denn Ihre Geschäfte hier?«

»Kann nicht klagen. Wir versorgen ganz Meck-Pomm, Schleswig-Holstein und Berlin mit unseren Sachen. Ganz einträglich!«

»Haben Sie eigentlich Frau Mönkeberg schon einmal Geschenke gemacht? Ich meine, ich habe im Badezimmer einen seidenen Morgenrock gesehen, der aus Russland stammte …«

Antonia brach erschrocken ab. Sie hatte sich verplappert. Wie hätte sie als Journalistin in das Haus der Mönkebergs kommen sollen?

Boris drückte jetzt ganz langsam seine Zigarette im Aschenbecher aus. Dann wandte er seinen schweren Schädel in Zeitlupe in ihre Richtung.

»Sie sind von der Polizei, was?«

Antonia hielt es für besser, ihn in diesem Glauben zu lassen.

»Sie haben recht. Wir sind noch immer nicht viel weitergekommen mit der Aufklärung des Falles. Ich mache deshalb weitere Recherchen. Noch einen Schnaps für den Herrn, bitte, auf meine Rechnung!«

Der Barkeeper griff gleichmütig nach der Flasche, die er nicht mehr ins Regal gestellt hatte, setzte ein neues Glas vor Boris hin und goss ein.

Bevor Boris trinken konnte, bekam er einen Anruf auf seinem Handy. Er sprach in barschem Befehlston etwas auf Russisch in das Telefon, woraus Antonia entnehmen konnte, dass es um ein »Automobil« ging. Dann wandte er sich wieder Antonia zu.

»Den Bademantel hat sie von mir. Ich habe ihr immer etwas mitgebracht, wenn ich zu Hause war.«

»Auch Manschettenknöpfe?«

Boris zögerte einen Augenblick und kniff seine Augen misstrauisch zusammen.

»Wie kommen Sie darauf?«

Bevor Antonia antworten konnte, sah sie, wie eine korpulente Blondine die Bar betrat. Sie stöckelte auf Boris zu und legte ohne weitere Erklärungen ein Bund mit Autoschlüsseln neben ihn auf die Theke. Antonia sah voller Erstaunen ihre Schuhe, deren Absatzhöhe schwindelerregend war.

Es schien sich um Lara, Boris' Frau, zu handeln. Boris trank seinen Schnaps und beachtete sie nicht weiter. Lara hatte derweil ein mit Pailletten besetztes Handy herausgezogen und rief sich ein Taxi.

Boris stellte die beiden Frauen einander nicht vor. Im Gegenteil: Er ignorierte Lara und wandte seinen massigen Oberkörper wieder Antonia zu.

»Was ist mit den Manschettenknöpfen? Ich habe beim letzten Besuch dort welche vergessen, Karin hat es mir am Telefon gesagt. Ich wollte sie wiederhaben, aber dann war sie tot, und ich bin nicht mehr in das Haus gekommen.«

»Wie sahen die denn aus?«

»Gold! Gold mit rotem Stein. Nicht billig! Sie hat sie mir in St. Petersburg geschenkt!«

Antonia war es peinlich, dass er von seiner Affäre sprach, während seine Frau nur einen Meter entfernt stand. Lara hatte sich inzwischen einen Cocktail bestellt und nuckelte an einem Strohhalm, der in einem Glas mit minzgrünem Inhalt steckte. Dabei betrachtete sie ab und an die Fingernägel ihrer linken Hand, die in grellem Pink lackiert waren.

Dann erschien ein Taxifahrer in der Tür, und sie stöckelte hinaus, ohne Boris oder Antonia noch eines Blickes zu würdigen.

»Lara denkt, wir hätten was miteinander!«

Boris beugte sich etwas vor und rückte näher an Antonia heran. Dabei glitt sein Blick wohlgefällig an Antonias Figur hinunter. Ein Hemdknopf hatte sich gelöst, und Antonia sah, wie das goldene Kreuz sich auf Boris' ungeheuren Bauch senkte.

»Dann kaufen Sie ihr am besten noch ein paar neue Schuhe ...« Antonia wandte sich an den Barkeeper: »Zahlen bitte! Einen Kaffee, einen Schnaps!«

Während sie auf ihr Wechselgeld wartete, lehnte sich Boris näher zu ihr herüber und raunte: »Wollen Sie nicht bleiben? Ich kenne hier ganz in der Nähe ein Hotel. Wir beide könnten viel Spaß miteinander haben!«

»Das bezweifle ich. Ich danke Ihnen für das Gespräch, Boris. Adieu!«

Antonia atmete tief durch, als sie auf die Straße trat. Fünf Minuten später folgte sie den Schildern in Richtung Insel. Als sie zurück über den Rügendamm fuhr, war es ihr, als ob sie nach Hause führe.

17

Antonia füllte gerade Kaffeemehl in die Espressokanne, als ihr Handy ging. Es war Kommissar Klatt. Er habe ihr jetzt das Foto mit dem Manschettenknopf gemailt, sie solle die Datei aber nur öffnen, wenn sie allein wäre. Antonia versicherte dem Kommissar, dass sie das Foto noch am selben Tag wieder löschen würde. Sie war während des Telefonats zwischen Küche und Wohnzimmer hin- und hergegangen. Ein Zischen von Wasserdampf und das Geräusch des brodelnden Kaffees erinnerten sie daran, dass sie die Kanne von der Herdplatte nehmen musste. Während sie auf der Spüle nach einer sauberen Tasse fischte, hörte sie von draußen ein Klopfen. Vor der Terrassentür stand ein Mann. Es war Björn. Rasch beendete sie das Gespräch mit Klatt und öffnete die Tür.

Björn sah übernächtigt aus. Es schien ihm nicht gut zu gehen. Antonia ging in die Küche und holte den Kaffee. Das Wetter war mild, und so setzten sie sich mit ihren dampfenden Bechern draußen auf die Terrasseneinfriedung aus groben Steinen. Björn sah verloren aus, und Antonia hätte ihn gerne getröstet. Aber sie traute sich nicht. Er hatte sie neulich zurückgewiesen, und sie wollte ihn nicht weiter bedrängen. Für eine Weile entstand wieder das gewohnte Schweigen zwischen ihnen, bis Björn sich räusperte:

»Hättest du Lust, heute Abend zu mir zum Essen zu kommen?«

Antonia dachte traurig, wie sehr sie sich eine solche Einladung vor ein paar Tagen noch gewünscht hatte. Jetzt war sie erleichtert, absagen zu können. Björn sah elend aus, und sie war nicht in der Verfassung, einen ganzen Abend mit diesem traurigen Mann durchzustehen.

»Ich fahre heute Abend zu Florians Konzert nach Bergen.«

»Und morgen Abend?«

»Ich komme gerne!«, log sie, um Björn nicht zu verletzen.

Als Björn wieder aufbrach, war sie ratlos. Was sollte dieser

Besuch? Warum hatte er sie nicht einfach angerufen? Sie sah ihm lange nach, bis der Wald den Blick auf ihn versperrte. Dann klappte sie nervös ihr Notebook auf und wartete gespannt, bis sich der Anhang von Klatts E-Mail öffnete. Es war das Foto, von dem er gesprochen hatte.

Sie vergrößerte es, bis es den Bildschirm füllte. Ein einzelner roter Manschettenknopf. Schaumkoralle, goldgefasst, dachte Antonia, die etwas von Schmuck verstand. Wahrscheinlich der von Boris vermisste Knopf. Die Mönkeberg hatte die Knöpfe vielleicht getragen, um ihm nahe zu sein. Und einer hatte sich von ihrer Bluse gelöst, als sie ihrem Mörder begegnete. Karin konnte ihn aber auch beim Joggen oder zu Hause im Garten verloren haben. Vielleicht lag er irgendwo im Sand vergraben, und die See hatte ihn schon weggespült. Antonia hatte das Gefühl, auf der Stelle zu treten.

Um auf andere Gedanken zu kommen, rief sie Gesine an. Sie sprudelte nur so los, als sie auf Florian zu sprechen kam, und Gesine war entzückt.

»Na, das hört sich doch vielversprechend an. Ein Künstler, wundervoll! Besser als dieser Grufti!«

»Du kennst Björn doch gar nicht! Wie kannst du so von ihm sprechen? Ich finde ihn immer noch sehr anziehend!«

»Weil ich an deiner Stimme höre, dass dieser Junge dir guttut. Also, vermassele es nicht!«

Antonia lachte, wählte aber ihre Garderobe für das Konzert mit mehr Bedacht aus als sonst. Gesine hatte recht. Florian war viel unkomplizierter und unterhaltsamer als Björn, und sie fing an, sich an seine Gegenwart zu gewöhnen.

Bevor sie nach Bergen fuhr, machte sie einen Umweg durch das Dorf, parkte etwas weiter weg von der »Reuse« und schlich sich an die Hausseite mit den Mülltonnen.

Vorsichtig sah sie sich um. Niemand war in der Nähe. Dann zerrte sie einen halb vollen Sack heraus. Auf dem oberen Rand befanden sich das Logo der Herstellerfirma und die Bezeichnung »Gastronomiebedarf«. Kein Zweifel. Der Sack stammte aus der »Reuse«.

Auf der Fahrt nach Bergen kamen ihr jedoch wieder Bedenken. Wenn die Firma nun alle Hotels und Restaurants der Insel mit diesen Müllsäcken belieferte? Dann war sie so schlau wie vorher.

Als sie vor dem Konzert durch das abendliche Bergen schlenderte, erkannte sie auf einer Terrasse, unter einem Heizstrahler sitzend, Erik mit einer viel älteren Frau. Er führte gerade einen Löffel zu ihrem Mund. Die Frau aß und kicherte. Dann fütterte sie im Gegenzug Erik, und der legte den Arm um sie.

Antonia wandte sich ab und lief zur Kirche. Nach diesem Anblick war sie froh, als sie in einer Bank zwischen braven grauhaarigen Konzertbesuchern Platz nehmen konnte. Neugierig sah sie zu der Orgelempore hoch.

Florian begann mit einer Fantasie für Orgel und Oboe von Bach. Die Oboe wurde von einer zierlichen blonden Kollegin gespielt. Die beiden harmonierten sehr gut und verbeugten sich beim Applaus nach jedem Stück gemeinsam. Antonia sah es mit gemischten Gefühlen. Die Blonde schien Florian anzuhimmeln. Nach dem Schlussapplaus legte Florian zuerst seinen Arm um ihre Schulter, dann applaudierte er ihr zu. Antonia fand das übertrieben, weil er den größten Teil des Konzerts selbst bestritten hatte.

Sie wartete vor der Kirche auf ihn und beglückwünschte ihn zu seinem Spiel. Das blonde Mädchen entpuppte sich als eine langjährige Kommilitonin aus Leipzig, die vor der Kirche von ihrem Mann und ihren beiden Kindern erwartet wurde.

Florian, der nach der Anspannung ganz aufgekratzt war, schlug vor, dass alle zusammen in eine Pizzeria gehen sollten. Auf dem Weg dahin passierten sie den Platz mit dem Terrassencafé. Die Stühle unter dem Heizstrahler waren jetzt leer. Erik und seine Kundin hatten sich wohl schon zurückgezogen. Bevor sie das Restaurant betraten, sah Antonia von Weitem einen Mann in grüner Barbour-Jacke. Aber es war zu ihrer Erleichterung nicht Björn.

18

»Habe ich vielleicht etwas nicht mitbekommen? Ich dachte, du wolltest untertauchen?«

Die Stimmung zwischen Florian und Antonia war gereizt, als Antonia von ihrem Plan erzählte, Armin Brunske zum Dorffest zu begleiten. Florian wurde wütend, als er erfuhr, dass sie auch mit Björn zum Fest an der alten Scheune wollte.

»Ja, schon, aber das Fest ist wichtig. Da ist das ganze Dorf! Ich bin eben noch mal eigens zum Fest nach Rügen gekommen, was ist schon dabei?«

»Was ist schon dabei? Ich kann es dir sagen!« Florian war aufgesprungen. »Es geht dir doch nur um Björn. Du denkst immer noch nur an ihn. Gib es doch zu!«

Antonia wurde wütend.

»Florian, ich bitte dich! Geh mir nicht auf die Nerven! Ich habe hier Ermittlungen durchzuführen, und ein Eifersuchtsdrama ist das Letzte, was ich jetzt gebrauchen kann!«

Sie war laut geworden, und Florian hatte seine Jacke an sich gerissen und war zur Tür hinausgestürmt. Antonia legte sich wieder ins Bett und dachte nach. Ihre heftige Verliebtheit hatte sich zwar gelegt, aber sie war Björn tatsächlich immer noch sehr zugetan. Das hatte Florian richtig wahrgenommen. Andererseits war ihr auch Florian längst nicht mehr gleichgültig.

»Zum Teufel mit den Männern!«

Energisch sprang sie aus dem Bett und ging unter die Dusche. Sie hatte einen Mord aufzuklären, das war jetzt das einzig Wichtige.

Gegen elf Uhr traf der Kurier der Kripo ein. Antonia übergab ihm den blauen Sack, den der Mann in einem Spezialkarton verstaute. Gegen zwei holte Björn sie ab, und sie fuhren zum Haus von Armin Brunske.

»Wie erklärst du denn den Leuten, dass du so schnell wieder nach Rügen gekommen bist?«, fragte Björn besorgt.

Antonia war in dieser Hinsicht ganz unbekümmert.

»Du hast mich angerufen und eingeladen, und da bin ich extra zu diesem Fest von Hamburg herübergekommen! Und heute Abend fahre ich für die anderen wieder zurück.«

Björn war auch skeptisch, was Brunske anging. »Vielleicht kommt er gar nicht mit.«

Brunske ließ sich tatsächlich zuerst nicht blicken, als sie bei ihm klingelte. Nach einer Weile erschien er jedoch im Hauseingang. Er trug einen Anzug und hatte sich rasiert. Den Labrador führte er an der Leine mit. Antonia hieß ihn vorn neben Björn im Jeep Platz nehmen und setzte sich mit dem Tier nach hinten. Der Hund war ganz aufgeregt und sprang die ganze Zeit jaulend ans Fenster. Wahrscheinlich kam er sonst nie aus dem Haus.

Von Weitem sah man schon an der Zahl der geparkten Autos, dass das Herbstfest in vollem Gang war. An der alten Scheune standen mehrere Buden mit Bier, Pommes frites und Würstchen. Im Hintergrund spielte unter einem Zeltdach eine Band. Dazwischen waren Bänke und Tische aufgestellt. Einige Dorfbewohner grüßten Antonia freundlich. Der Kioskbetreiber, bei dem sie immer ihre Zeitung geholt hatte, die Frau vom Fahrradverleih und natürlich Olaf, der mit Erik, ein Bierglas in der Hand, an einer Bude stand und ihr zuprostete. Daneben stand Henk Thiessow, der versuchte, für sich und seine Frau an Getränke zu kommen. Die meisten Leute schauten weg, als sie mit Brunske einen Platz an einem der Tische suchten. Brunske schlug die ganze Zeit die Augen nieder und grüßte niemanden. Björn holte für ihn das Bier und Antonia eine Bratwurst. Dabei blieb sie kurz bei Olaf stehen.

»Antonia, da bist du ja wieder. Lange hast du es aber nicht ausgehalten in Hamburg. Hattest du so ‘ne Sehnsucht nach uns und unseren Festlichkeiten?«

Auch Erik nickte ihr zu, sah sie an und machte eine anzügliche Bewegung mit seiner Zunge. Antonia ignorierte ihn und ging auf Frau Pisch zu, die mit ihrem Mann über den Platz schlenderte. Sie machte bei Brunske halt und setzte sich neben ihn. Dann winkte sie ihren Ehemann Otto herüber, der ebenso klein und drahtig war wie sie selbst. Antonia und Björn ließen die beiden eine Zeit lang mit Brunske allein. Björn gesellte sich zu zwei Mitgliedern aus seiner Naturschutzgruppe, während Antonia Henk

Thiessow begrüßte, der gerade genießerisch eine Thüringer Bratwurst in ein Häufchen Senf tunkte.

»Meine zweite!«, schmunzelte er. »Müssen Sie unbedingt probieren!«

Antonia folgte seinem Rat, bestellte sich ebenfalls ein Brötchen mit Wurst und balancierte beides zum Tisch. Dort ließ sie sich neben Frau Pisch nieder und fragte, ob sie heute schon Kommissar Klenke gesehen habe. Vielleicht hatte er Neuigkeiten aus Stralsund für sie.

»Ja, wissen Sie denn noch nicht?«

Antonia sah Frau Pisch konsterniert an. Diese machte eine wichtige Miene.

»Der Kliffmörder hat doch gestern wieder zugeschlagen!«

»Wie bitte?«

»Ja, dem Klenke seine Alte«, warf jetzt Otto Pisch ein. »Gestern, am frühen Abend!«

Antonia erfuhr von dem Ehepaar, dass Herta Klenke beim Rasenmähen am späten Nachmittag von einer unbekannten Person hinterrücks niedergeschlagen und etwas später von ihrer Tochter auf dem Rasen aufgefunden worden war.

»Und ist sie …« Antonia konnte vor Schreck kaum sprechen.

»Die doch nicht! Mecklenburger Dickschädel!«, kommentierte Otto Pisch und sog heftig an seiner Zigarette.

»Sie ist im Krankenhaus, und Hannes hat jetzt ein paar Tage Ruhe!«, ergänzte Frau Pisch.

»Jetzt weeß ick ooch, warum die alle so komisch kieken …«, murmelte Brunske düster. »Die denken, det war icke!«

Frau Pisch beruhigte ihn. »Quatsch, Armin, dann wärst du jetzt nicht hier. Die Kripo war doch schon da. Wir sind schon befragt worden. Als Nachbarn. Sie war blutüberströmt, hat der Beamte gesagt. Hoffentlich hatte sie nicht ihre gute lila Bluse an!«

Antonia war fassungslos. Der Mörder fühlte sich offenbar so sicher, dass er eine Frau bei Tag und mitten im Dorf überfiel und niederschlug.

Armin Brunske schüttelte den Kopf. »Wenn det der Kliffmörder war, wieso jeht der denn jetzt uff'n Rasen?«

»Von Mord kann ja keine Rede sein, er hat ihr ja nur eins übergebraten!« Otto Pisch sog wieder nervös an seiner Zigarette, und Antonia meinte, eine gewisse Befriedigung in seinen Augen zu entdecken.

»Und hat der Täter etwas geraubt?«, fragte Antonia. Sie dachte wieder an ihre Theorie des Trittbrettfahrers. Jemand tat so, als sei er der Mörder vom Kliff, und in Wirklichkeit wollte er etwas stehlen.

»Ja, die Sprache hat er ihr geraubt.« Herr Pisch zündete sich eine neue Zigarette an, und Frau Pisch ergänzte:

»Hannes war heute Morgen im Krankenhaus, sie kann nicht sprechen. Das ist das Trauma, sagt Hannes!«

Björn war zurück an den Tisch gekommen. Während Frau Pisch den ganzen Vorgang noch einmal genüsslich wiedergab, sah Antonia, wie Brunske immer unruhiger auf seinem Platz hin und her rutschte und Björn mehrfach zum Aufbruch drängte. Antonia verfütterte den zweiten Teil ihrer Bratwurst an den Labrador und begleitete Björn und Brunske zum Wagen. Brunske schien froh, seinen Ausflug in die Dorfgemeinschaft beenden zu können. Antonia wollte nicht mit den beiden zurückfahren, sondern den langen Weg nach Gager zu Fuß zurücklegen. So konnte sie in Ruhe über alles nachdenken.

Wenn es ein und derselbe Täter war, der die drei Frauen umgebracht hatte, wieso jetzt Herta Klenke? Es war ausgeschlossen, dass es sich um denselben Täter handelte. Oder doch nicht? Wenn sie wüsste, wer etwas gegen Herta Klenke hatte, dann führte sie das vielleicht zu den anderen Morden. Wer kannte die Klenke? Hatte nicht Florian an dem Abend in der »Linde« mit den Klenkes gesprochen?

Die Kripo aus Bergen war diesmal bei Klenkes gewesen und hatte die mutmaßliche Tatwaffe, einen großen Stein, mitgenommen. Antonia zog ihr Handy heraus und wählte die Nummer von Kriminalhauptkommissar Klatt. Die Kollegen aus Bergen hatten ihn inzwischen bestimmt informiert.

19

Klatt war den ganzen Nachmittag in Besprechungen und nicht zu erreichen. Auch Florian hatte nur seine Mailbox eingeschaltet. Unruhig wartete sie auf Björn. Vielleicht wusste er mehr über den Bekanntenkreis von Herta Klenke.

Björn kam pünktlich zur verabredeten Zeit, und sie fuhren nach Binz, wo Björn ein Sterne-Restaurant an der Promenade kannte. Als sie ihn nach der Klenke fragte, reagierte er einsilbig. »Ich spiele ab und an mit Hannes Klenke Skat, die Familie ist mir nicht näher bekannt.«

Antonia wollte nicht nachhaken, weil Björn noch immer den Eindruck machte, als sei er krank.

Bevor sie zum Essen gingen, spazierten sie schweigend über die Seebrücke, über die ein eiskalter Wind fegte. Am Himmel hing ein heller Vollmond, der die Wellen in glänzendes Silberlicht tauchte. Als sie zurückgingen, wirkten das mondhell erleuchtete Kurhaus und der Strand gespenstisch, denn weder auf der Promenade noch am Strand war irgendjemand zu sehen.

Nach der beißenden Kälte draußen genoss Antonia die Wärme des Restaurants. Sie saß Björn gegenüber, aber weil der Tisch so groß war und Björn noch abwesender als sonst wirkte, schien ihr die Entfernung zwischen ihnen unüberbrückbar. Dann kam wie eine Erlösung der erste Gang, und beide hatten zu tun.

Antonia, deren Einkommen den Besuch teurer Restaurants nicht erlaubte, erbebte bei den ersten Bissen. Jedes Gericht versetzte ihren Gaumen in einen Taumel: Alles schmeckte neu und aufregend anders, als sie es gewohnt war. Björn hingegen schien keine große Lust am Essen zu empfinden. Sein Gesicht blieb verschlossen, und die Falten zwischen seinen Brauen wirkten strenger als sonst.

Antonia hielt sein Schweigen nicht länger aus. »Schmeckt es dir nicht?«

»Ja, doch. Es ist sehr gut zubereitet.«

»Aber freuen tut es dich nicht?«

Björn schwieg und aß weiter. Mechanisch, fast pedantisch zerlegte er seine Lammkrone in kleine Stücke, tunkte sie in die Soße und spießte sie zusammen mit einem Stück Kartoffel auf die Gabel. Dann legte er plötzlich Messer und Gabel nieder, betupfte seinen Mund mit der Serviette und sah Antonia mit dem Blick an, den sie inzwischen so gut an ihm kannte. Er sah sie und sah sie doch nicht.

»Ich habe hier schon oft gegessen. Immer allein. Für mich ist es nicht neu. Aber es freut mich, wenn du es genießen kannst!«

Dann wieder Schweigen. Antonia dachte an Florian und den Spaß, den sie mit ihm jetzt gehabt hätte. In die Stille hinein fuhr Björn dann fort:

»Ich bin etwas vorbelastet, von zu Hause, weißt du. Im Grunde hasse ich diese Art Restaurant, weil die Essen bei uns immer sehr zeremoniell waren. Ich musste mich umziehen, und meine Mutter duldete es nicht, wenn man bei Tisch nicht ihren Normen entsprach. Ich konnte daher nie Schulfreunde einladen.«

Antonia war bestürzt. »Bei uns zu Hause ging es drunter und drüber. Meine Geschwister und ich aßen immer in der Küche, weil meine Mutter berufstätig war …«

Antonia erzählte einfach drauflos, und die Erinnerung an zu Hause in dieser steifen Umgebung des Sterne-Restaurants machte sie ganz sentimental.

Björn schien es nicht zu bemerken. Er schien ihr noch nicht einmal zuzuhören. Sein Blick ging wieder in eine unbestimmte Ferne.

Antonia fragte sich, was Florian wohl gerade machte. Um das Gespräch in Gang zu halten, erkundigte sie sich nach Björns Eltern. Ihr Gegenüber schwieg wieder eine Weile bevor er antwortete. Antonia besah sich derweil ihr teures Gericht, ein Stück rosa Hummer, das wie eine Insel in einer schweren Buttersoße schwamm.

»Mein Vater hat uns früh verlassen. Meine Mutter ist in einer Heil- und Pflegeanstalt in der Nähe von Greifswald.«

Die Erklärung kam wie ein Peitschenknall und ließ Antonia erschrocken von ihrem Hummer hochsehen.

»Das tut mir leid«, stammelte sie.

»Das muss es nicht. Es geht ihr gut dort. Hier auf Rügen hat es ihr nie gefallen.«

Dann verstummte er wieder. Auch Antonia schwieg. Was konnte man auch sagen? Björn starrte auf sein Gericht, das allmählich kalt wurde. Antonia hatte mit ihm bei diesem Essen über so viel sprechen wollen. Über die Höhle, den Müllsack, Brunskes Hund, über Frau Fegesacks Beobachtungen und über Erik und das Handy. Jetzt aber verließ sie die Energie. Sie wünschte nur, dass dieser Abend rasch zu Ende ging, und verzichtete deshalb auf ihr Dessert. Aus Höflichkeit erkundigte sie sich nach der Erkrankung von Björns Mutter.

Björn machte eine wegwerfende Handbewegung. Dabei stieß er an sein Glas und warf es um. Der Wein schoss über den weißen Damast und bildete eine tiefrote Lache. Ein Kellner eilte herbei und brachte Servietten und ein neues Glas. Antonia war insgeheim froh über diese Unterbrechung. Björns Gesicht wirkte wie versteinert.

Als der Kellner sich wieder entfernt hatte, sah Björn Antonia an und sagte mit tonloser Stimme: »Dass die Leute einen nie in Ruhe lassen können mit diesen Dingen. Es ist Demenz oder so was. Was alte Leute eben so kriegen! Wenn du möchtest, bestelle ich die Rechnung.«

Als Björn sie eine halbe Stunde später vor dem Ferienhaus absetzte, bedauerte Antonia es nicht mehr, dass er sich bei laufendem Motor verabschiedete und dann nach Hause fuhr. Drinnen warf sie sich noch im Mantel aufs Bett und wählte Florians Handynummer. Er schien wieder guter Dinge zu sein und bat Antonia, anderntags zu ihm nach Stralsund zu kommen. Er habe am Vormittag eine Probe in der dortigen Marienkirche. Antonia fühlte sich besser, nachdem sie seine Stimme gehört hatte, und sagte erleichtert zu.

Bevor sie am anderen Morgen nach Stralsund fuhr, rief sie Hannes Klenke an, um ihm ihr Bedauern über den Überfall auf seine Frau auszusprechen. Klenke fing wieder mit seiner alten Leier an.

»Habe ich es Ihnen nicht gesagt? Es ist zu gefährlich für Sie, hierzubleiben! Gestern hat es meine Frau erwischt, morgen vielleicht Sie!«

Antonia hörte sich seine Strafpredigt geduldig an und fragte ihn nach dem Tathergang. Der Überfall ereignete sich am späten Nachmittag, als seine Frau den Rasen mähte. Der Täter musste von den angrenzenden Wiesen über den Zaun gestiegen sein, hatte Herta Klenke von hinten mit einem stumpfen Gegenstand niedergeschlagen und war dann verschwunden. Klenkes Tochter hatte die Mutter etwas fragen wollen und fand sie ohnmächtig neben dem Rasenmäher. Die Kripo hatte einen Stein kassiert, der in der Nähe des Opfers lag, und untersuchte ihn nun nach Spuren. Aber man ging davon aus, dass der Täter die eigentliche Tatwaffe mitgenommen hatte.

»Hatte Ihre Frau denn Feinde?«

Klenke zögerte ein wenig. »Nicht dass ich wüsste. Die Herta ist manchmal etwas aufbrausend, aber sie hat einen guten Kern.«

20

Nach dem Telefonat mit Klenke fuhr Antonia nach Stralsund. Sie musste unbedingt Klatt treffen. Er war ihr ein paar Informationen schuldig, nachdem sie ihm ein wichtiges Beweisstück geliefert hatte. Doch zuerst wollte sie sich mit Florian versöhnen.

Vor der Marienkirche hörte sie schon von draußen das dunkle Brausen der Orgel. Im Mittelschiff setzte sie sich in eine Bank. Florian spielte jetzt ein modernes Stück, das mit rasch aufeinanderfolgenden, bedrohlichen Akkorden etwas Schlimmes anzukündigen schien. Es begann wie Gewittergrollen oder ferne Geschützsalven und mündete in ein Inferno von ineinanderstürzenden Tonläufen. Ein wütendes, ja hasserfüllt tobendes Stück, das sich auch gegen Ende nicht beruhigte oder in Harmonie auflöste.

Antonias Herz zog sich zusammen. Einen Augenblick lang hatte sie das Gefühl, der Kliffmörder säße oben hinter der Orgel. Dann war es eine Weile still. Einige Minuten später sah sie Florian im Seitengang zum Ausgang gehen. Er vermutete sie wahrscheinlich nicht in der Kirche, sondern auf dem Platz davor. Antonia lief ihm nach und zupfte ihn am Ärmel. Sie war noch immer verstört.

»Was war denn das? Ich meine, was du am Ende gespielt hast. Das klang ja schrecklich!«

»Schrecklich und schön. Das war eine zeitgenössische Orgelkomposition«, erklärte Florian, der jetzt nach der dreistündigen Probe erschöpft und dadurch älter wirkte. Antonia sah ihn das erste Mal als jemanden, vor dem man Respekt haben musste.

»Es klang wie ein Bombenangriff … oder …«

»Oder?«

Wie ein Mord!, wollte Antonia sagen, überlegte es sich dann aber anders: »Es klang sehr gewaltsam!«

»Ein Stück von Thierry Escaich, einem Komponisten aus Frankreich. Ich spiele es sehr gerne, nachdem sich die Zuhörer von den bekannten Stücken haben einlullen lassen. Das gibt ihnen etwas zum Nachdenken.«

Antonia hakte sich bei Florian ein und entschuldigte sich für ihr Verhalten am Vortag. Dann entschuldigte sich Florian für seinen überstürzten Abgang, und dann küssten sich beide.

Zum Essen gingen sie in ein hübsches Restaurant am Hafen, und Antonia war es, als wären die Kliffmorde, Björn und Erik plötzlich ganz weit weg.

Beim Abschied fiel ihr Herta Klenke ein, und sie fragte Florian nach dem Abend in der »Linde«. Florian konnte sich nicht sofort erinnern, dann aber fiel es ihm wieder ein.

»Ich war nach dem ersten Konzert in Bergen mit Bekannten in der ›Reuse‹, und es gab dort einen Zwischenfall. Die Klenkes saßen am Nebentisch, und Frau Klenke hatte sich wohl bei der Chefin über Erik, der an diesem Abend kellnerte, beschwert. Erik ist daraufhin aus der Küche gekommen und machte eine Szene. Ich habe versucht, ihn zu beschwichtigen, aber er hat die Klenke lauthals beschimpft, und ihr Mann und ich mussten ihn vom Tisch wegbringen.«

Antonia konnte sich nur schwer von ihrem Freund trennen, fuhr jedoch pflichtbewusst zu Kriminalhauptkommissar Klatt und dann zurück auf die Insel.

Klatt hatte ihre Theorie bestätigt. Man hatte Proben aus dem Inneren des Müllsacks mit den Partikelproben von Karin Mönkebergs Kleidung verglichen, und sie stimmten überein. Das Äußere des Sacks wies auch Spuren von Erde und einen Gummiabrieb auf. Klatt ging davon aus, dass der Mörder die Leiche in einem Wagen transportiert hatte, der mit Gummimatten ausgelegt war.

»Und der Stein, mit dem man Frau Klenke niedergeschlagen hat?«

»Es ist zum Verrücktwerden!« Dabei hatte Klatt mit der flachen Hand auf seinen Schreibtisch geschlagen. »Wieder keine Spuren. Er hat nichts hinterlassen. Der führt uns an der Nase herum, das Aas!«

Dann hatte er Antonia noch ein Kompliment gemacht. »Saubere Arbeit, Frau Babe! Falls Sie nach einem neuen Job suchen: Wir können eine engagierte Mitarbeiterin gebrauchen!«

Antonia freute sich über das Lob. Es stachelte ihren Ehrgeiz an. Alles sprach dafür, dass Erik der Mörder war, und sie wollte ihn selbst zur Strecke bringen. Sie musste unbedingt Eriks Wagen finden, und sie musste irgendwo allein mit ihm sprechen.

Sie würde Björn einweihen und ihre Strategie mit ihm besprechen. Sie hatte sich gestern zu schnell von ihm verabschiedet und sich nicht ausreichend für das Essen bedankt. Deshalb fuhr sie, als sie zurückkam, als Erstes zu seinem Haus und klingelte. Niemand öffnete. Aus dem Garten hörte man dumpfe Schläge. Jemand hackte Holz.

Sie ging um das Haus herum und sah ihn von hinten. Björn nahm gerade ein Holzscheit, setzte es auf einen Baumstumpf und hieb krachend mit einem Beil darauf ein. Das Beil spaltete das große Stück Holz akkurat, sodass links und rechts zwei gleiche Teile hinunterfielen. Dann schichtete er die beiden Scheite säuberlich an der Garagenwand auf und nahm das nächste Stück.

Antonia rief seinen Namen, und Björn setzte langsam das Beil ab.

»Antonia, das ist ja eine Überraschung!«

Antonia sah sich um und flüsterte vor lauter Aufregung, als sie ihm ihren Verdacht erläuterte. Björn hörte ihr still zu.

»Ich habe auch schon einmal an so etwas gedacht. Als ich neulich bei Brunske war, kam Erik vorbei, und der Hund, der Labrador, ist an Erik hochgesprungen und hat ihn begrüßt. Sonst ist das Tier eher scheu. Er muss Erik gekannt haben.«

»Natürlich hat er ihn gekannt. Erik und das Opfer haben sich ja in Sellin getroffen.«

Antonia erzählte Björn auch vom Handy der Krankenschwester. Zu ihrem Erstaunen wurde Björn wütend.

»Und du hast das Handy nicht der Polizei gegeben? Das hättest du doch längst tun müssen. Dann hätten sie etwas gegen ihn in der Hand!«

Heftig trat er gegen den Baumstumpf, auf dem er das Holz gehackt hatte. Antonia erschrak. So kannte sie den sonst so sanften Mann gar nicht. Björn beruhigte sich jedoch rasch wieder und bat sie, ins Haus zu gehen.

»Ich komme gleich nach. Ich wasche mir nur rasch die Hände. Möchtest du einen Tee?«

Antonia ging ins Wohnzimmer und setzte sich an den Kamin, in dem ein paar Scheite glommen. Björn ließ auf sich warten. Sie hörte, wie er in der Küche den Wasserkessel füllte und die Teekanne ausspülte. Sie stand auf, legte ein Scheit auf das Feuer und schlenderte zu der Wand mit den Zeichnungen.

Die beiden größten zeigten die Kliffwand an der Treppe. Antonia trat noch näher heran. Björn hatte die Treppe und die poröse Kliffwand vorzüglich getroffen. Irgendwo musste auch die Stelle mit der Höhle sein.

Auf dem rechten Bild war der Blickwinkel etwas verschoben, und tatsächlich hatte Björn die Stelle mit den Zweigen exakt wiedergegeben. Antonia trat noch näher heran und erschrak. In die Zweige hinein hatte er – nur für den aufmerksamen Beobachter sichtbar – die Umrisse eines Schießschachts gezeichnet. Wenn Brunske ihr nicht gesagt hätte, dass Björn von den Höhlen wusste, dann hätte sie es an dieser Zeichnung erkannt.

Aus der Küche hörte sie, wie Björn mit dem Geschirr klapperte.

»Ich bin gleich fertig!«

Antonia zog rasch ihre Kamera aus der Tasche und zoomte das Objektiv an die Zeichnung heran. Als Björn mit dem Teetablett hereinkam, stand sie wieder beim Kamin und legte noch ein Scheit auf das Feuer.

Björn war während des Tees wie immer wortkarg. Antonia brachte das Gespräch auf das gestrige Abendessen und entschuldigte sich bei Björn für ihre Frage nach seiner Mutter.

»Ich wollte dir nicht zu nahe treten. Gehst du sie manchmal besuchen? Wenn du möchtest, könnte ich dich am Wochenende begleiten. Ich sehe mir dann in der Zeit Greifswald an.«

Sie hatte es als freundliches Angebot gemeint und war überrascht über seine Reaktion. Björn war aufgesprungen und zum Fenster gelaufen. Dann drehte er sich zu ihr um. Sein Gesicht war ganz blass geworden.

»Meine Mutter geht nur mich etwas an. Ich war schon lange nicht mehr da. Es geht ihr nicht gut!«

Dann stürzte er auf Antonia zu, setzte sich neben sie und ergriff ihre Hand. »Du musst jetzt sehr aufpassen. Wenn Erik weiß, dass du ihn verdächtigst, dann bist du in großer Gefahr. Er scheint kein Pardon zu kennen. Ich an deiner Stelle würde noch heute nach Hamburg zurückfahren!«

Antonia versprach, vorsichtig zu sein. Um ihn nicht weiter zu beunruhigen, erzählte sie Björn nichts von ihrem Plan, Erik aufzusuchen.

Als sie sich verabschiedete, tat sie so, als führe sie zu ihrem Ferienhaus, in Wirklichkeit fuhr sie ins Dorf und parkte hinter der »Reuse«. Hier, im Keller des Nebengebäudes, musste sich nach Olafs Beschreibung Eriks Zimmer befinden.

Hinter dem einzigen Fenster waren die Vorhänge geschlossen. Sie ging die Stufen zu dem Kellereingang hinunter und klingelte.

Die Tür war verschlossen und niemand öffnete. Antonia zögerte einen Augenblick, dann holte sie ihr Handy heraus und wählte Eriks Nummer. Erik nahm ab und schien überrascht.

»Ja, wen haben wir denn da?«, fragte er mit öliger Stimme, als sich Antonia mit ihrem Namen meldete.

»Erik, ich muss dringend mit Ihnen sprechen. Hätten Sie etwas Zeit für mich?«

Erik war in der »Reuse« und sagte sofort zu.

»Für dich doch immer. Ich habe heute meinen freien Abend!«

Drei Minuten später stand er neben ihr und schloss die Tür auf.

»Am Ende kommen doch alle zum guten Onkel Erik!«, grinste er triumphierend.

21

Antonia folgte ihm angespannt die Treppe hinab und in den Keller. In Eriks Zimmer roch es nach alter Wäsche und Zigaretten. Das Bett war nicht gemacht, und auf dem Tisch lagen Zeitungen, Tabakkrümel und eine umgekippte Bierflasche. Auf dem Boden stand eine offene Flasche Wein. Offenbar hatte er daraus getrunken, ohne ein Glas zu benutzen. Erik holte eine zweite Flasche Rotwein aus der Tiefe seines Kleiderschranks und bat Antonia, Platz zu nehmen. Sie setzte sich auf das Bett und sah ihm zu, wie er die Flasche entkorkte und zwei Wassergläser vor sie hinstellte.

»Ein teures Tröpfchen. Ist aus der ›Reuse‹! Beste Ware. Für dich lass ich was springen!«

»Haben Sie den auch mit der Krankenschwester getrunken?«

Erik sah sie überrascht an. »Woher weißt'n das?«

»Ich weiß es eben. Isolde Kniep war Ihre Kundin. Und außerdem kannten Sie Karin Mönkeberg. Warum haben Sie das nicht der Polizei gesagt?«

Erik blieb gelassen. Er goss den Wein ein und prostete Antonia zu. Dann trank er in einem Zug sein Glas halb leer und rülpste leicht.

»Die Polizei kann mich mal. Ich habe zwei Vorstrafen. Jedes Mal wenn ich mich irgendwo bewerbe, heißt es: Vorbestraft? Nein danke. Und denen soll ich helfen?«

»Sie kannten zwei der Opfer persönlich und haben es verschwiegen.«

»Ist doch kein Verbrechen, dass ich die kannte, und mich hat keiner gefragt. Und wenn du's genau wissen willst: Ich kannte auch die Tante aus Köln.«

So etwas wie Stolz schwang in seiner Stimme. »Ich bin eben gut. Qualität macht sich bezahlt. Die Mierscheidt hat mich in Berlin regelmäßig angerufen. Und hier habe ich sie dann auch getroffen! Wie Isolde. Beide!«

Dabei sah er Antonia anzüglich an.

»Weshalb sind Sie vorbestraft?«

»Das geht dich nichts an! Aber wenn du es genau wissen willst: Ich brauchte dringend Kohle, und da hab ich einer mal gedroht, sie hochgehen zu lassen, wenn sie nicht zahlt. War was Wichtiges in der Politik und verheiratet!«

Antonia hatte nun keinen Zweifel mehr, dass Erik der gesuchte Mörder war. Er goss sich ein zweites Glas Wein nach.

»Nur nach der Mönkeberg haben die Bullen mich gefragt. Olaf, diese Plaudertasche, hat dem Klenke gesteckt, dass ich sie kannte. Aber für den Tag, als die Mönkeberg starb, hab ich ein Alibi. Ich war mit einer Kundin auf dem Festland.«

»Vom Festland ist man aber schnell wieder hier ...«

»Was soll das? Ich hab kein Auto. Und als Isolde starb, war ich kurz in Berlin! Kann ich auch beweisen! Aber den Bullen hab ich gesagt, dass da noch mehr Leute aus dem Dorf bei der Mönkeberg waren. Nicht nur ich. Der Kvelsen zum Beispiel. Und den hat man nicht verdächtigt.«

Antonia erschrak. Erik hatte es bemerkt.

»Meinst du, ich hätte nicht gesehen, wie du dem schöne Augen gemacht hast, deinem Björn? Aber da läuft nix, das kannst du dir abschminken, nach allem, was die Mönkeberg mir über den erzählt hat!«

Antonia fühlte, wie das Blut in ihren Ohren rauschte. Sie hätte diesem windigen Kerl am liebsten ins Gesicht geschlagen.

»Björn Kvelsen wollte nicht, dass die Mönkeberg den Opferstein vom Kliff bekommt. Deswegen hat er sie besucht.«

»Ich rede ja von früher. Die kannten sich nämlich schon in Kiel. Da hat er die Karin manchmal besucht, und was die da gemacht haben, möchtest du gar nicht wissen, sag ich dir! Sonst wird dir garantiert schlecht! Und du willst doch was anderes, oder?«

Dabei setzte er sich neben Antonia aufs Bett und legte seinen Arm um sie. Mit der anderen Hand griff er nach ihrer Brust. Antonia wollte aufspringen, aber Erik hielt sie fest umklammert und drückte sie in die Kissen. Dabei murmelte er etwas in ihre Haare und griff ihr in den Schritt. Antonia wehrte sich verzweifelt, aber Erik hielt sie nur noch fester. Als sie ihm ein Knie in den Magen stieß, ließ er sie für einen Augenblick los, und Antonia konnte einen Arm aus der Umklammerung befreien. Sie drückte ihm die Finger ihrer Rechten in die Augenhöhlen, wie sie es in ihrem Selbstverteidigungskurs gelernt hatte. Erik jaulte auf, und sie fand die Kraft, ihn abzuschütteln und aufzuspringen.

Panisch riss sie ihre Tasche an sich, stürmte die Kellertreppe hoch und rannte zu ihrem Wagen. Erst als sie das Dorf in sicherer Entfernung hinter sich gelassen hatte, wählte sie mit zitternden Fingern die Nummer, die Klenke ihr für alle Fälle gegeben hatte. Es war seine private Handynummer.

»Herr Klenke, ich weiß jetzt, wer der Mörder ist. Es ist Erik. Ich glaube, er hat alle drei Frauen erpresst, und dann, als sie nicht zahlen wollten, hat er sie ermordet. Eben hat er versucht, mich zu vergewaltigen.«

Klenke versprach, sofort zu kommen. Nach zehn Minuten parkten er und sein mürrischer Kollege neben ihr. Antonia stieg zu ihnen ein, und alle drei fuhren zu Eriks Kellerwohnung. Klenke klingelte und hämmerte an der Tür.

»Erik, mach sofort auf. Ich bin's, Hannes!«

Erik hatte wohl inzwischen die Flasche Rotwein allein geleert und schien betrunken zu sein. Jedenfalls hörte man von innen nur ein Grunzen, und es dauerte eine Weile, bis er die Tür einen Spalt weit öffnete. Klenke schob seinen Fuß in den Spalt, und sein Kollege drängte nach und nahm Erik fest. Erik protestierte.

»Was soll der Scheiß? Was hat die Tante euch erzählt? Ich habe nichts gemacht!«

Er ließ sich aber ohne Widerstand von Klenke in den Sitz des Polizeiwagens drücken.

»Jetzt schläfst du erst mal bei uns deinen Rausch aus, und morgen früh haben wir dann ein paar Fragen!«

Dann wandte er sich an Antonia. »Dass Sie so wenig auf uns Ältere hören, hätte ich nicht gedacht, Frollein Babe. Morgen kommen Sie bitte aufs Revier, und dann will ich Sie hier nicht mehr sehen.«

»Ich habe noch etwas zu erledigen!«

»Nicht auf Rügen«, setzte sie hastig hinzu, als sie Klenkes wütenden Blick sah. »Aber danach melde ich mich bei Ihnen, versprochen!«

22

Antonia war nach Eriks Attacke zu aufgewühlt, um nach Hause zu fahren. Sie fuhr zu Florians Hotel nach Göhren, um auf ihn zu warten. An der Rezeption sagte man ihr, dass Florian am Morgen ausgecheckt habe.

Antonia musste sehr perplex ausgesehen haben, denn die junge Frau hinter der Rezeption meinte:

»Ich glaube nicht, dass er Rügen verlassen wollte. Er sagte mir, er habe noch zwei Konzerte auf der Insel. Eins davon in Sassnitz, glaube ich. Vielleicht musste er in den Norden!«

Antonia ging wie in Trance zu ihrem Wagen zurück. Fast wäre sie auf dem Parkplatz gestolpert. Ihre persönliche Situation war ziemlich verkorkst. Der Mann, in den sie sich verliebt hatte, war zu gestört für eine Beziehung. Der andere, in den sie halb verliebt war, ließ sie einfach sitzen und reiste ab.

Verwirrt und benommen von den Ereignissen des Nachmittags fuhr sie nach Gager zurück. Als sie in die Einfahrt des Ferienhauses einbog, sah sie zu ihrer Überraschung Florians Jeep dort stehen. Florian sprang heraus, lief auf sie zu und umarmte sie.

»Ich habe im Hotel ausgecheckt. Ich dachte, hier ist doch genug Platz für uns zwei.«

Antonia war unendlich froh, ihn zu sehen.

»Du siehst mitgenommen aus. Was ist passiert?« Florian führte sie ins Haus, drückte sie in einen Sessel und machte Feuer. Stockend erzählte sie ihm von ihrem Erlebnis mit Erik. Am Ende ihres Berichts wurde sie immer aufgeregter und sprang auf:

»Er war es, er war es ganz bestimmt. Er hat sie erpresst, und sie haben ihn anzeigen wollen. Ich meine, die ersten beiden Frauen. Aber sicher hat er auch die Mönkeberg erpresst, er weiß ziemlich viel über sie …«

… und Björn, wollte sie noch sagen. Dann aber brach sie ab. Was Erik wohl gemeint hatte, als er von Björns Besuchen bei der Domina in Kiel gesprochen hatte? Bestimmt wollte er Björn nur in ihren Augen herabsetzen. Antonia starrte ins Feuer. Florian hatte eine Decke um ihre Schulter gelegt und goss Whisky in zwei Gläser.

»Aber wenn ich es recht überlege«, fuhr sie düster fort, »scheinen alle etwas davon zu haben, dass die drei Frauen gestorben sind. Mönkeberg kann jetzt mit seiner Assistentin leben, der Mann aus Köln mit seiner Geliebten, und Björn hat mir neulich erzählt, der Hund der Krankenschwester habe es bei Brunske so viel besser …«

Florian stutzte. »Besser als was?«

»Wie?«

»Besser als was? Warum hat er das gesagt? Was wusste er über den Umgang der Verstorbenen mit ihrem Hund? Er muss die beiden vorher miteinander gesehen haben, wenn er das sagt. Sonst hätte er doch diesen Vergleich gar nicht machen können.«

Antonia versuchte sich zu erinnern, aber Björn hatte den Satz ihr gegenüber so formuliert. Sie war sich ganz sicher.

»Vielleicht meinte er, bevor er ihn zu Brunske gebracht hat. Er hat das Tier ja halb verhungert aufgelesen im Wald.«

Aber Florian ließ nicht locker. »Frag Brunske, seit wann er den Köter hat. Ich will es wissen.«

Seine Eifersucht machte Florian unerbittlich.

»Flori, ich glaube, du hast Björn gegenüber Vorurteile …«

»Und du hast, was Björn angeht, einen total blinden Fleck!«, konterte Florian.

»Langsam, langsam!«

Antonia dachte angestrengt nach.

»Björn hat mir auch erzählt, Erik habe den Hund der Krankenschwester gekannt. Der Hund sei wedelnd an ihm hochgesprungen, als er bei Brunske war und Erik dort am Haus vorbeikam.«

»Vielleicht weil er den Verdacht auf Erik lenken wollte!«

Antonia kroch in sich zusammen und weinte ein bisschen. Erst jetzt fiel die Anspannung von ihr ab.

»Ich weiß nicht mehr, was ich glauben soll. Vielleicht bin ich doch nicht tough genug für diesen Job!«

Florian tröstete sie. »Wenn du möchtest, sage ich das Konzert morgen ab, und wir fahren beide nach Hamburg!«

»Auf keinen Fall. Du musst spielen und ich habe noch etwas in Greifswald zu erledigen. Und vielleicht hat Erik morgen ja auch schon gestanden. Dann ist mein Job hier sowieso zu Ende.«

23

Am Morgen war die Insel in dichtes Weiß gehüllt. Der Nebel war streckenweise so dicht, dass Antonia nur Tempo dreißig fahren konnte. Die Fahrt nach Greifswald dauerte fast drei Stunden. In der Stadt besorgte sie in einem Kaufhaus eine große Schachtel Lindt-Pralinen und ließ sie als Geschenk verpacken.

»Kariert oder mit Rosen?«, fragte die Verkäuferin. Antonia entschied sich für das Einschlagpapier mit den Rosen.

Gegen fünfzehn Uhr erreichte sie das psychiatrische Sanatorium »Deichkrone«. Es lag ganz für sich in einem Waldstück. Antonia plauderte mit dem Mann am Empfang über das schlechte Wetter und die weiteren Aussichten, ehe sie nach Frau Kvelsen fragte.

»Ich bin eine Nichte. Wie geht es ihr denn so? Ich war lange nicht mehr da. Ich hoffe, ihr Zustand hat sich nicht verschlechtert!«

»Das glaub ich nicht. Da ist ja nicht mehr viel zu verschlechtern. Wie ist denn Ihr Name?«

Antonia nannte einen Phantasienamen. Sie hatte gerade im Radio ein Stück von Britney Spears gehört und nannte sich jetzt »Brigitte Speer«. Der Mann trug sie in das Besucherbuch ein.

»Frau Kvelsen ist vor ein paar Wochen umgezogen. Innerhalb der Geschlossenen, versteht sich. Ich melde Sie an. Ein Pfleger wird Sie dann auf der Station abholen.«

Antonia fuhr mit einem Aufzug in den ersten Stock des Gebäudes und klingelte an einer breiten Tür. Ein junger Mann öffnete und bat sie, am Ende des Flurs eine weitere Klingel zu betätigen. Antonia ging mit gemischten Gefühlen den langen Flur mit dem glänzenden Linoleumbelag hinunter. Links und rechts gingen Zimmertüren ab, einige standen offen, und man sah Teile der genormten Einrichtung: ein schmales Bett oder die in allen Zimmern gleichen orangefarbenen Übergardinen.

Bevor sie hier wieder klingeln konnte, erschien ein zweiter Pfleger an der Tür zur geschlossenen Abteilung und schloss ihr auf. Wieder ein langer Flur.

Einzelne Patienten schlurften an der Wand entlang, beachteten sie aber nicht. Eine Frau stand bewegungslos da und starrte grimassierend auf die leere Wand gegenüber. Auch sie rührte sich nicht, als Antonia an ihr vorbeiging. Aus einem Zimmer drangen spitze Schreie, und Antonia hätte nicht sagen können, ob sie von einer Frau oder einem Mann stammten. Sie hatte den Eindruck, der Flur höre nie auf. Ihre Turnschuhe machten ein schmatzendes Geräusch auf dem Linoleum, so als saugten sie sich bei jedem Schritt fest.

Am Ende des Flurs fand sie dann die Tür mit Frau Kvelsens Zimmernummer. Antonia zögerte. Für einen Augenblick hatte sie das Gefühl, sie sollte wieder umkehren und Björn selbst nach seiner Geschichte fragen. Es war nicht fair, dass sie in seinen familiären Angelegenheiten herumschnüffelte. Da wurde die Tür von innen geöffnet, und ein weiterer Pfleger, einen Wagen mit Medikamenten hinter sich herziehend, schob sich durch den Eingang.

»Besuch für Sie, Frau Kvelsen! Das ist aber schön!«

Im Zimmer war es totenstill. Am Fenster sah Antonia eine zerbrechliche alte Frau sitzen. Sie trug eine schwarze Strickstola und starrte in den Garten. Der junge Mann in Weiß schloss die Tür, schob den Metallwagen etwas zur Seite und stellte sich vor.

»Hallo, ich bin der Axel. Ich habe ihr gerade ihre Mittagsdosis gegeben. Da ist sie immer etwas gedämpfter. Sind Sie eine Verwandte?«

Antonia stellte sich wieder mit »Brigitte Speer« vor. Sie drehte den Pralinenkarton mit dem Rosenpapier in ihren Händen.

»Ich wollte nicht lange bleiben. Nur ein Geschenk abgeben und etwas plaudern.«

»Bitte keine Schokolade, dann bekommt sie wieder Verstopfung, und wir haben den Ärger«, flüsterte der Pfleger ihr zu.

»Gut, Axel, ich halt mich dran. Aber auch nicht eine klitzekleine Praline?«

»Das geht nicht. Sie wird alle wollen! Geben Sie die lieber mir!«

Antonia drückte Axel die Schachtel in die Hand und betrat das Zimmer.

»Hallo, Frau Kvelsen!«

Die Frau am Fenster rührte sich nicht.

»Ich bin eine Bekannte von Björn. Ich wollte Sie besuchen, weil ich in der Nähe war ...«

Die alte Dame wandte Antonia ihren Kopf zu und sah sie an. Antonia erschrak. Die Augen der Frau waren vollkommen erloschen. Dennoch schien die Frau sie zu sehen.

»Guten Tag, Frau Doktor!«

Antonia erschrak ein zweites Mal. Auch die Stimme klang so, als sei ihr alles Leben entzogen worden. Dabei hielt die alte Frau den Kopf vollkommen unbewegt und heftete ihre toten Augen auf Antonia.

»Ich bin keine Ärztin, Frau Kvelsen. Ich bin eine Bekannte von Björn.«

»Wer ist Björn?«

Die Stimme der Frau war tonlos und modulierte nicht.

Antonia starrte wie gebannt in die lichtlosen Augen der Alten, ob sich nicht doch ein Fünkchen Leben zeige.

»Björn ist Ihr Sohn!«

»Ich habe keinen Sohn. Manchmal kommt mein Mann hierher, aber ich hatte nie einen Sohn. Haben Sie das neue Medikament dabei?«

»Ich bin keine Ärztin, Frau Kvelsen!«

Antonia wusste, dass diese Wiederholung keinen Sinn hatte. Sie griff sanft nach dem Arm der alten Frau, um eindringlicher zu wirken, zog ihre Hand aber wieder erschrocken zurück. Es war, als hätte sie unter der Wolle nur einen Stock ergriffen, so dünn war die Patientin.

»Aber Sie müssen sich doch an Björn erinnern. Er kommt Sie doch hier besuchen! Er hat es mir selbst gesagt!«

»Wer ist Björn?«

Antonia gab auf und schwieg.

Die Alte sah sie jetzt seltsam an. Ihr Atem wurde heftiger.

»Vielleicht sind Sie auch so eine? Eine, die sich an meinen Mann heranschmeißt? Geben Sie es zu! Ich bin krank, das macht ihr Huren da draußen euch zunutze. Ich weiß genau, dass mein Mann manchmal zu so einer ging. Vor mir konnte er es nicht verbergen.«

»Frau Kvelsen, Sie haben keinen Mann. Ihr Mann ist tot, Sie haben einen Sohn, Björn!«

Die alte Frau bekreuzigte sich. Ihre Stimme nahm jetzt einen hohen, krächzenden Tonfall an:

»Einmal, da war mein Mann nicht da, da hat mich der andere fast umgebracht ...«

Sie schob das graue Haar ein wenig hoch, und Antonia sah eine tiefrote Narbe, die sich von der Stirn bis zum Scheitel zog.

»Wer? Wer war das, Frau Kvelsen?«

Die alte Frau wandte sich wieder dem Fenster zu und schwieg. Dann murmelte sie, fast unverständlich, mehrmals: »Der andere!«

Draußen zog der Nebel vom Deich her in fahlen Schleiern durch den Garten der Anstalt. Antonia wartete eine Weile. Vom Schrank hörte man nur das aufdringliche Ticken einer kleinen Stutzuhr.

Dann fragte Antonia leise in die Stille: »Der andere, war das Björn? Hieß der andere Björn?«

Wieder drehte Frau Kvelsen ihren Kopf wie eine mechanisch bewegte Puppe Antonia zu. Ihr Gesicht hatte eine leichte Röte angenommen, und auch das Weiß um die erloschenen Krater ihrer Augen hatte sich gerötet. Dann sprach sie sehr viel lauter und abgehackt, wobei sie ihr Kinn bei jedem Wort von unten nach oben hochriss. Ihre Tonlage blieb dabei immer gleich und hatte den synthetischen Klang einer Computerstimme:

»Björn-ist-mein-Mann, Sie-unverschämte-Person! Heraus-mit-dem-Medikament! Sonst ...«

Dann schüttelte sie ihre dürre Faust, wobei sie jedoch nicht in Antonias Richtung, sondern hinaus in den Garten sah.

In diesem Moment steckte Axel seinen Kopf zur Tür herein: »Alles in Ordnung bei Ihnen?«

Antonia nickte, und Axel verschwand wieder.

»Sonst. Sonst! Was, sonst?« Antonia rückte ihren Stuhl näher an die Patientin. Sie spürte, wie ihr der Schweiß den Rücken hinunterlief.

Frau Kvelsen verlegte sich jedoch wieder aufs Schweigen.

»Björn, Ihr Sohn. Was ist mit dem?«

Sie erhielt aber nur wieder die stereotype Antwort: »Der andere, der andere hat mich fast umgebracht!«

Nach einer Pause, in der es Antonia schien, als wäre das Ticken der Stutzuhr lauter geworden, wandte Frau Kvelsen langsam ihren Kopf in ihre Richtung und legte ihn sinnend nach rechts. Antonia gewahrte wieder die lichtlosen Augen und musste sich abwenden.

»Und Sie? Sie haben auch jemanden umgebracht, stimmt's?«, fragte Frau Kvelsen oder das, was von ihr übrig geblieben war, mit kalter Stimme.

Antonia wurde schwindelig. Sie dachte an den Sommer, in dem Pierre mit dem Motorrad umgekommen war, und ihr wurde übel. Sie richtete sich auf und ging zur Tür.

»Mörderin, Mörderin!«, gellte Frau Kvelsens Stimme hinter ihr her. Auf dem Flur stand Axel und sprach in sein Handy. Er nickte ihr kurz zu und bedeutete ihr zu warten.

»Hat Frau Kvelsen Sie erfolgreich verscheucht? Das ist ein Schätzchen, was? Immer eine nette Bemerkung für jeden!«

Antonia lehnte sich an die Wand und fragte Axel, ob sie einen Schluck Wasser haben könne. Der Pfleger schob sie in den Personalraum und holte eine Flasche Limonade aus dem Kühlschrank.

»Mit mehr kann ich nicht dienen. Was hat die Patientin denn mit Ihnen gemacht? Sie sind ja ganz blass um die Nase!«

»Ach, ich vertrage den Blick nicht, wissen Sie. Ich habe Psychologie studiert und sogar ein Praktikum in der Psychiatrie gemacht. Aber das war auf der offenen Abteilung!«

»Ja, die Schizos sind eine Nummer härter. Aber dafür immer für eine Überraschung gut!«

Antonia trank einen Schluck des klebrig-süßen Getränks. »Sie sagte mir, sie hätte keinen Sohn. Aber ihr Sohn besucht sie doch, oder etwa nicht?«

»Ach der! Ja, der kommt manchmal zu Besuch, an Feiertagen. Sie nennt ihn ihren Mann. Aber mich nennt sie auch ihren Mann. Dann beschwert sie sich und behauptet, ihr Sohn hätte sie einmal angegriffen.«

Antonias Hals schnürte sich zusammen. »Haben Sie vielleicht

einen Schluck Leitungswasser für mich? Die Limonade ist so süß!«

Axel füllte am Waschbecken ein Glas Wasser und reichte es ihr. Gierig leerte Antonia das Glas in einem Zug.

»Und was stimmt denn nun? Woher hat sie diese Narbe am Kopf?«

»In den Familiengeschichten unserer Herrschaften hier kenn ich mich nicht aus. Die Akten liegen beim Chef. Patientengeheimnis.«

»Und Sie haben keinerlei Zugang zu den Akten?«

»Manchmal liegen hier welche rum, aus der Teambesprechung, aber wir vom Pflegedienst haben viel zu viel zu tun. Da schauen wir nicht so intensiv rein …«

Antonia zögerte. Dann nahm sie sich zusammen und fragte mit fester Stimme: »Können Sie mir Frau Kvelsens Akte besorgen?«

»Wie bitte?«

Antonia griff in ihre Tasche und zog einen Fünfzig-Euro-Schein heraus.

»Hier! Ich brauche ungefähr eine halbe Stunde, dann können Sie die Akte wieder zurückbringen.«

Axels Augen bildeten jetzt einen schmalen Schlitz.

»Gute Frau, wenn ich so gegen die Vorschriften verstoße, kann mich das meinen Job kosten, und Sie kommen mir mit fünfzig Euro?«

In diesem Moment kamen zwei Kolleginnen in den Personalraum. Erstaunt sahen sie Antonia an.

»Der Besucherin ist es schlecht geworden. Jetzt geht es aber schon wieder«, erklärte Axel und schob Antonia in den Flur.

»Wie viel dann? Sagen Sie schon!«

»Bei hundertfünfzig bin ich dabei. Schließlich riskiere ich was. Hier ist meine Handynummer. Rufen Sie mich heute Abend noch mal an. Ich habe Dienst bis zehn. Ich will sehen, was sich machen lässt.«

Dann drückte er Antonia den Karton mit den Pralinen in die Hand und verschwand in einem der Patientenzimmer. Antonia verließ die »Deichkrone« mit weichen Knien. Im Wagen sitzend, riss sie das Papier von der Schachtel und stopfte sich wahllos ein paar der Pralinen in den Mund. Als sie etwas ruhiger wurde, startete sie den Wagen und fuhr in Richtung Strand. Dort zog sie sich ihre Regenjacke an und wanderte eine Stunde an der Ostsee entlang.

Um die Zeit bis zum Abend zu überbrücken, setzte sie sich in ein Café, ging essen und dann wieder in ein Café. Sie versuchte, einen Roman zu lesen, konnte sich jedoch nicht konzentrieren. Immer wieder sah sie die leeren Augen von Frau Kvelsen, und das Echo ihrer krächzenden Stimme gellte in ihrem Kopf. Einen Augenblick lang war sie versucht, Björn anzurufen. Wie schwer musste es ihm fallen, seine Mutter in diesem Zustand zu sehen. Dann verwarf sie den Gedanken. Er hatte sich ja deutlich genug jede Einmischung in die Angelegenheiten seiner Familie verbeten. Sie würde ihn nach Lektüre der Akte besser verstehen. Da war sie sich sicher.

24

Gegen acht Uhr fuhr sie zum Parkplatz des Sanatoriums. Regen hatte eingesetzt. Sie wählte Axels Nummer, aber sein Handy war ausgeschaltet. Erst beim dritten Anruf meldete er sich.

»Ich kann jetzt die Unterlagen rausholen, muss sie aber wieder bis um neun zurückbringen. Wir müssen die Zeit zwischen Putzfrau und Sicherheitsdienst abpassen. Kommen Sie auf keinen Fall ins Haus. Ich komme zum Parkplatz!«

Antonia wartete im Wagen und sah ihn durch den Regen kommen. Er schob ihr die Akte durchs Fenster und zündete sich eine Zigarette an.

»Beeilen Sie sich. Ich komme in einer halben Stunde wieder. Was ist mit der Kohle?«

Antonia gab ihm das Geld und suchte nervös nach einem Schalter, um das Innenlicht einzuschalten. Sie stand fast allein auf dem Parkplatz. Der Regen trommelte laut auf das Wagendach. Das Licht war zu schwach, und Antonia schob die Akte in das beleuchtete Handschuhfach, um besser lesen zu können. Sie übersprang die ärztlichen Gutachten und die Therapieanweisungen und blätterte ganz nach hinten. Dort befanden sich die Darstellung der Krankheit, ihr Verlauf und ihre Entstehungsgeschichte.

Die Patientin, so hieß es, wurde früh von ihrem Mann verlassen, der dann zehn Jahre später in Südamerika verstarb. Sie blieb allein mit dem einzigen Kind, Björn, im Haus ihrer Eltern. Sie erbte nach deren Tod das Haus und ein großes Vermögen. Nach und nach entließ Frau Kvelsen das Personal der Eltern und blieb mit dem Kind allein in dem großen Haus. Das Kind erschien nicht zur Einschulung. Das Jugendamt fand einen verschüchterten Jungen vor, den die Mutter häufig in einen Verschlag im Keller einsperrte. Im Garten fand man eine Reihe von Tierskeletten. Der Junge gab zu Protokoll, dass er keine Freunde hatte und dass die Mutter nacheinander seine Fische im Teich, seine beiden Kaninchen und zuletzt seinen kleinen Hund, Geschenke des Vaters, der ihn manchmal kurz besuchte, wenn er in der Stadt war, getötet hatte. Das Kind kam für kurze Zeit in eine Pflegefamilie, Freunde der Großeltern, wollte jedoch wieder nach Hause zur Mutter. Da das Haus gepflegt wirkte und Frau Kvelsen von da an für einen regelmäßigen Schulbesuch sorgte, wurde Björn wieder nach Hause gegeben. Im Alter von dreizehn Jahren hatte er eine kleine Katze, die ihm zugelaufen war, aufgezogen und im Keller vor der Mutter versteckt. Als er das Kätzchen mit zerschmettertem Kopf im Keller fand, lief er nach oben und schlug der Mutter, die im Sessel Handarbeiten machte, von hinten mit einer schweren Messingvase auf den Kopf. Eine Hausangestellte fand sie in der Blutlache, während der Junge oben an seinem Tisch saß und zeichnete. Danach kam Björn in ein Heim. Während seines Studiums und auch danach lebte er wieder mit der Mutter zusammen.

Dann ließ sich die Akte über die immer wieder neuen Schübe der Patientin aus, die mehrfach bis zu ihrer Einweisung halb bekleidet draußen aufgegriffen wurde. Antonia spürte während des Lesens, wie die Übelkeit wieder in ihr aufstieg. Sie schaltete das Licht aus, öffnete das Wagenfenster und atmete tief ein. Kein Wunder, dass Björn nicht über die Schrecken seiner Kindheit sprechen wollte. Sie dachte voller Mitgefühl an den geschundenen kleinen Jungen.

Plötzlich spürte sie eine Hand auf ihrer Schulter und schrie auf. Es war Axel.

»Jetzt muss ich das Zeug aber wieder zurückbringen. Ich habe nur zehn Minuten, dann macht der Wachdienst seinen Rundgang!«

Antonia schloss die Mappe und gab sie Axel zurück. Axel schob sich die Akte Kvelsen unter seinen Kittel und lehnte sich vertraulich an das Wagenfenster.

»Wenn Sie noch mehr lesen wollen ... Vielleicht könnten wir ins Geschäft kommen, Frau Speer oder wie Sie auch heißen!«

Antonia schüttelte den Kopf, startete ihren Wagen und fuhr mit hoher Geschwindigkeit vom Parkplatz des Sanatoriums »Deichkrone« in Richtung Rügen. Ihre Anspannung wich erst, als sie den Wagen vor dem Ferienhaus in Gager parkte. Aus den Fenstern fiel tröstliches Licht. Florian war schon von seinem Konzert zurück und kam ihr entgegen.

»Antonia, ich habe mir Sorgen gemacht. Warum kommst du erst jetzt?«

Antonia floh in seine Arme. Drinnen erzählte sie ihm vom Besuch bei Björns Mutter. Die Geschichte mit der Akte behielt sie jedoch für sich. Florian würde nur wieder voreilige Schlüsse ziehen, weil er mit Björn rivalisierte.

Am nächsten Morgen rief sie Kommissar Klenke an und fuhr zur Wache. Unterwegs machte der Motor des Leihwagens ein ungewohntes Geräusch. Sie musste unbedingt eine Werkstatt finden, denn der Motor wurde bei jedem gefahrenen Kilometer lauter.

Kommissar Klenke war bester Laune. Seine Frau hatte ihre Sprache wiedergefunden.

»Sie muss aber noch mindestens eine Woche dableiben. Das passt mir gut, denn wir haben am Wochenende unsere Kegeltour. Und Herta sieht das nicht gerne, wenn ich auf dem Festland bin.«

Die ersten Verhöre mit Erik waren in Bezug auf die Morde ergebnislos gewesen. Die Krankenschwester und die Frau aus Köln, so hatte Erik gestanden, waren seine Kundinnen gewesen. Die Kölnerin fuhr häufig auf Messen nach Berlin, und die Krankenschwester hatte er in Potsdam besucht.

Erik hatte versucht, die Kölnerin zu erpressen. Ohne Erfolg. Er stritt ab, etwas mit dem Tod der beiden zu tun zu haben. Die Mönkeberg habe er nicht erpresst; die habe sich von niemandem erpressen lassen. Im Übrigen habe ihr Mann ohnehin von ihrem Vorleben gewusst, denn der habe sie seinerzeit selbst als Kunde kennengelernt.

»Hätten Sie das gedacht?«

Kommissar Klenke rieb sich verlegen die Stirn.

»Ein Mann aus bester Gesellschaft. Man lernt doch nie aus ...«

Antonia blieb ungerührt.

»Herrn Mönkebergs sexuelle Vorlieben sind mir egal. Für mich ist wichtig, dass er kein echtes Motiv hatte, seine Frau umzubringen. Ich habe mit dem russischen Liebhaber seiner Frau gesprochen. Sie wollte sich scheiden lassen, aber Mönkeberg selbst hat auch eine Geliebte in Hamburg.«

Klenke starrte sie ungläubig an.

»Auf dem Festland geht das ja zu …«

»Was machen Sie nun mit Erik?«

Antonia hatte keine Lust, Erik noch einmal über den Weg zu laufen.

»Wir haben Erik jetzt erst mal wegen Erpressung und versuchter Vergewaltigung hierbehalten. Er ist schon zweimal wegen Erpressung vorbestraft. Für den Mordverdacht gibt es allerdings keine hinreichenden Gründe. Er hat in allen Fällen ein Alibi, und Sie fahren jetzt umgehend nach Hause, junge Dame!«

»Ich denke, Kommissar Klatt ist da anderer Meinung. Rufen Sie Ihren Kollegen an und überzeugen Sie sich selbst.«

Klenke sah sie erstaunt an. Dann wählte er tatsächlich die Nummer in Stralsund.

25

Antonia fuhr mit dem knatternden Motor ins Dorf zurück. Klenke hatte ihr die Hausnummer eines Freundes genannt, der sich in seiner Freizeit mit Autoreparaturen beschäftigte. Als sie an Björns Haus vorbeikam, sah sie, wie er gerade zwei Säcke mit Gartenerde aus einem Jeep lud. Antonia hielt an und stieg aus.

»Woher hast du denn den alten Jeep?«

Antonia war bisher nur in seinem Pkw mit ihm gefahren.

»Von einem Freund. Ich leihe ihn mir immer, wenn ich größere Dinge zu transportieren habe. Holz, Erde, Gartenabfälle. Was ist denn mit deinem Wagen los? Der macht ja einen Höllenlärm!«

»Ja, seit gestern Abend. Ich weiß auch nicht.«

»Ich vermute, das ist das Auspuffrohr. Lass mal sehen!«

Björn kniete nieder, schaute unter Antonias Leihwagen und rüttelte am Auspuff.

»Scheint tatsächlich lose zu sein. Vielleicht kann ich es fixieren. Ich hole mir Werkzeug.«

Er stand auf und verschwand im Haus. Antonia ging derweil um den Jeep herum und besah sich den Laderaum. Ein Plastiksack mit Gartenerde und ein Sack Dünger standen dort. Der Boden war mit Gummimatten ausgelegt, und die Farbe des Jeeps war Grün. Das unterschied ihn nicht von dem Jeep, den Florian fuhr, doch dieser hier war ein älteres Modell. Größer und eckiger. Rasch machte sie mit ihrem Handy ein Foto von Wagen und Laderaum.

Björn kam mit einem Werkzeugkasten zurück und kniete jetzt erneut neben ihrem Wagen. Er schlug ein paarmal mit einem Hammer gegen das Auspuffrohr. Dann bat er Antonia, ihm eine Zange zu reichen. Der Werkzeugkasten stand seitlich neben Björn, und als sie hinter ihm in die Hocke ging, um die Zange zu suchen, zuckte sie vor Schreck zurück. Björn trug schwere Arbeitsschuhe mit einer dicken Profilsohle, und zwischen zwei Rippen der Sohle steckte etwas Kleines, Rotes mit goldenem Rand. Antonia wich zurück. Geistesgegenwärtig reichte sie Björn das Werkzeug, zog noch einmal ihr Handy aus der Tasche und machte rasch ein Foto von dem Schuh. In diesem Moment kroch Björn wieder zurück und stand auf.

»Ich glaube, so hält es noch eine Weile. Du solltest aber damit in eine Werkstatt.«

Antonia steckte das Handy ein. Es war ihr plötzlich schwindlig geworden, und sie tastete sich am Wagen entlang zum Fahrersitz.

Björn sah sie besorgt an. »Geht's dir nicht gut? Du bist so blass!«

»Ich muss los, Björn! Danke für deine Hilfe ...!«

Sie wollte nach der Tür greifen, um einzusteigen, als sie spürte, wie ihre Hand über den Lack nach unten glitt und sie das Bewusstsein verlor.

Als sie wieder erwachte, lag sie auf Björns Couch. Björn saß ihr gegenüber im Sessel und betrachtete sie ruhig. Vor ihr stand ein Becher mit Tee. Daneben lag ihr Handy. Antonia versuchte, sich zu erheben, sank aber wieder hilflos in die Kissen zurück.

»Was ist passiert?«

»Du bist ohnmächtig geworden, und ich habe dich hierhergebracht!«

Jetzt fiel ihr der Manschettenknopf wieder ein, den sie in Björns Schuhsohle gesehen hatte. Antonia schloss die Augen. Für einen kurzen Augenblick fragte sie sich, ob sie sich das, was sie gesehen hatte, vielleicht nur eingebildet hatte. Sie richtete sich wieder auf und trank einen Schluck Tee. Dabei suchte sie Björns Augen. Björn sah durch sie hindurch und schwieg. Nach einer Weile zog er einen weißen Zettel aus der Hosentasche.

»Ich wollte dir das zurückgeben!«

Antonia nahm den Zettel entgegen und erstarrte. Es handelte sich um eine Dosierungsanweisung für ein starkes Medikament zur Ruhigstellung. In der oberen rechten Ecke stand: »Name des Patienten/der Patientin: Oda Kvelsen«.

»Würdest du mir bitte erklären, wie das in dein Handschuhfach kommt?«

Björn musste ihren Wagen durchsucht und den Zettel irgendwie entdeckt haben. Er war aus der Akte gefallen, und sie hatte es nicht bemerkt.

Björns Stimme hatte alle Wärme verloren. Sie hatte einen krächzenden Ton angenommen und erinnerte Antonia an die Stimme seiner Mutter, als sie Antonia als Mörderin beschimpft hatte.

Antonia setzte sich jetzt gerade hin. Ich muss mich zusammennehmen, ich muss an diesen Schuh kommen, ohne dass Björn etwas bemerkt, hämmerte es in ihrem Kopf.

»Würdest du mir bitte sagen, wie du an diesen Zettel kommst?«, wiederholte Björn seine Frage.

»Ich habe mir in Greifswald die Akte deiner Mutter geben lassen und sie im Auto gelesen. Dabei ist er wohl herausgefallen.«

Dann setzte sie leise hinzu: »Ich habe die Akte aus Interesse an dir gelesen!«

»Ich hatte dich gebeten, uns in Ruhe zu lassen.«

»Ich weiß. Das war nicht richtig. Aber ich wollte doch nur verstehen, was mit dir ist.«

»Was gibt es da zu verstehen?«

Björns Stimme hatte fast ihren normalen, nüchternen Tonfall wiedergewonnen. Dann griff er nach dem Handy.

»Und warum diese Fotos? Warum ein Foto von dem Jeep und von meinen Füßen?«

Antonia sah rasch nach unten. Er trug noch immer dieselben Schuhe. Wenn sie sich nicht geirrt hatte, steckte der Knopf vielleicht immer noch in der Sohle. Sie gewann allmählich ihre Fassung wieder.

»Ich mache manchmal Fotos, einfach so, ohne viel nachzudenken!«

Dabei nahm sie das Handy vom Tisch und tat so, als wolle sie sich die Fotos noch einmal anschauen. Dabei schaltete sie die Tonaufnahme ein und legte das Gerät wieder auf den Tisch zurück.

Björn fixierte sie eine Weile.

»Und es ging dir nicht darum?«

Er griff in seine Hosentasche und legte den roten Manschettenknopf auf den Tisch. Antonia fuhr zusammen. Sie gewann jedoch sofort ihre Haltung wieder und fragte nun ihrerseits mit kalter Stimme:

»Der gehörte Karin Mönkeberg, nicht wahr? Wie kommt der in deinen Besitz? Du warst bei ihr in ihrem Haus, gib es zu!«

»Ich war bei ihr, ja. Und wenn schon? Besuche bei ihr waren ja nicht verboten!«

Antonia lehnte sich zurück und verschränkte ihre Arme vor der Brust.

»Deshalb hast du mich also zurückgewiesen. Du magst keinen normalen Sex!«

Björn schoss nach vorn. Seine Stimme war jetzt voller Zorn.

»Ich war kein Kunde bei der Mönkeberg, wenn du das meinst. Ich hatte Dinge mit ihr zu besprechen. Ich wollte sie bitten, ihre Finger vom Opferstein zu lassen. Dann wollte ich sie bitten, die Klage gegen Brunske fallen zu lassen. So etwas klärt man am besten in einem persönlichen Gespräch!«

»Und ihr Manschettenknopf? Wie kommst du an den?«

Björn saß da und starrte zum Fenster. Seine Augen schienen sich zu verdunkeln, und für einen Augenblick erinnerte er Antonia wieder an seine Mutter. Im Raum war es so still, dass man von der Küche her das Brummen des Kühlschranks vernahm. Von draußen hörte man eine vorbeifliegende Krähe krächzen. Antonia räusperte sich und fragte mit leiser Stimme:

»Warum mussten diese Frauen sterben, Björn? Erklär es mir!«

Björns Blick ging über sie hinweg in die Ferne. Dann sank er in seinen Sessel zurück und vergrub seine Hände in den Hosentaschen.

»Warum? Warum? Das wirst du nicht verstehen. Sie waren hart und böse. Die erste, die Kölnerin, hat ihren kleinen Hund angebrüllt und an seiner Leine gezerrt –«

Antonia fiel ihm erregt ins Wort: »Was? Sie hat ihren Hund angebrüllt und musste deshalb sterben?«

Björn schien sie gar nicht gehört zu haben. Er schien in eine Art Trance zu geraten.

»Dann, am nächsten Tag, hat sie ihren Sohn, der mit seinem Fahrrad hingefallen war, angeherrscht. Ich hätte hinausgehen und sie ohrfeigen können. Später ging ich ihr nach. Ich dachte, ich schüchtere sie ein, diese dumme Person. Aber sie hat mich nicht bemerkt, sie trug immer etwas im Ohr und hörte Musik. Als sie ein drittes Mal allein den Weg zu den Klippen hinunterging, habe ich ihr aufgelauert. Sie setzte sich immer an dieselbe Stelle und holte ihr Handy heraus. Sie rief wohl jemanden an, von dem die Familie nichts wissen sollte. Gerade als sie ihr Handy herauszog, ließ ich den Steinbrocken fallen. Ich hatte mich genau über der Stelle im hohen Gras platziert und auf sie gewartet, sie fiel sofort tot um. Der iPod plärrte noch eine Zeit lang weiter. Ich bin dann nur nach unten gegangen, habe einen anderen Stein genommen und an ihrem Kopf gerieben. Meinen Stein habe ich ins Meer geworfen. Dann habe ich die Leiche an eine Stelle geschafft, an der ziemlich viel runtergekommen ist, und den präparierten Stein danebengelegt!«

»Und die Frau aus Potsdam? Warum musste die sterben?«

»Du glaubst nicht, was sich nach der Tat für ein Hochgefühl bei mir einstellte! Ich hatte ein solches Hoch. Ich schwebte tagelang wie auf Wolken, doch dann kam der Katzenjammer. Mir ging es furchtbar schlecht, und dann wanderte diese fette Frau vorbei. Arglos und dumm. Sie trug einen kleinen Rucksack auf dem Rücken. Vor ihr lief der große Hund. Und dann habe ich plötzlich gesehen, wie sich etwas im Rucksack bewegte. Ein Tier, dachte ich. Sie bringt es zum Opferstein. Ich habe genau gesehen, wie es sich bewegte. Das kleine Tier schrie um Hilfe. Ich musste ihr folgen. Dann fuhr ich ihr nach, an ihr vorbei, ich wollte vor ihr unten sein. Ich hörte das Tier jammern und schreien und trat in die Pedale. Ich habe sie überholt und war vor ihr unten.«

Björn war jetzt aufgesprungen. Antonia drückte sich ängstlich in ihre Sofaecke. Aber es schien, als sei Björn ganz abwesend. Er war zu seinen Zeichnungen gegangen und betrachtete sie. Dann sprach er plötzlich sehr schnell.

»Sie stieg die Treppe hinunter, hier, siehst du?«

Er deutete auf seine Zeichnung. Antonia wagte es nicht, sich auf dem Sofa zu bewegen.

»Dann wanderte sie an den Klippen entlang. Es war sehr windig. Es fing an zu regnen, und sie suchte unter einem Felsüberhang Schutz. Ich habe das alles von hier aus beobachtet. Hier!«

Er wies auf die Schießschachtöffnung der Höhle.

»Von hier aus konnte ich den Strand immer schon gut überblicken. Ich bin dann von hinten an sie herangeschlichen und habe ihr den Brocken auf den Kopf krachen lassen. Dann wollte ich das kleine Tier befreien, aber im Rucksack war nur ihr Pullover. Dann war da der Hund. Der sprang immer um sie rum und jaulte. Ich habe ihn gleich mitgenommen und später zu Brunske gebracht. Am Abend fühlte ich mich wieder so unglaublich gut, ich hätte singen können. Ich hatte das Tier gerettet!«

»Aber es war doch nur ihr Pullover –« Antonias Stimme klang kläglich dünn.

Björn unterbrach sie heftig.

»Für mich nicht, verstehst du? Versteht ihr denn nicht? Ich muss die Tiere retten, bevor sie kommt und ihnen etwas antut!«

Björn hatte diese Worte hinausgeschrien. Die Ader an seiner Schläfe trat hervor, und sein Gesicht war tiefrot.

Antonia versuchte ihn zu beruhigen, aber Björn geriet immer mehr außer sich.

»Ihr versteht gar nichts! Gar nichts versteht ihr. Und du auch nicht!«

»Und Karin, was hatte sie getan?«

»Ach, die!« Björn machte eine wegwerfende Handbewegung. »Ich war noch einmal bei ihr, wegen dem Opferstein. Da hatte sie die Ungeheuerlichkeit, mich der Tierquälerei zu beschuldigen. Sie hat mich ausgelacht und mich einen Tierquäler genannt. Einfach lächerlich! Ich wusste gar nicht, wovon sie sprach. Aber weil sie nicht aufhörte, bin ich aufgestanden und habe ihr meine Faust ins Gesicht gesetzt. Sie fiel um und mit dem Kopf gegen die Fensterbank. Ich dachte, sie sei tot. Bei mir zu Hause holte ich dann einen von den Müllsäcken, die Frau Pisch immer aus der »Reuse« mitbringt. Da habe ich sie reingesteckt. Ich wollte sie in der Höhle verstecken. Aber als ich sie am Kliff aus dem Wagen zog, schien sie noch zu leben. Da habe ich sie zum Opferstein gebracht und ihr den Schädel zertrümmert. Mit einem Fangeisen. Das habe ich dann ins Meer geschleudert. Bei der Klenke hatte ich auch ein Fangeisen. Hat aber nicht geklappt!«

Antonia spürte, wie ihr Magen rebellierte. Sie fragte sich, wie sie aus diesem Alptraum wieder herauskommen sollte.

»Wieso hat man an den Steinen nichts gefunden?«

»Meine Steine habe ich ins Meer geworfen. Die Steine daneben habe ich präpariert, damit es wie ein Unfall aussah. Ich trug immer Handschuhe, wie die Polizei sie trägt, wenn sie DNA-Proben nehmen. Ich hatte das mal im Fernsehen gesehen und mich dann erkundigt, welcher Handschuhtyp das ist. Ich habe mir dann eine Menge davon besorgt.«

»Bist du an dem Tag am Kliff gewesen, als ich das erste Mal da war?«

»Ja, das war ich. Ich wollte dir nichts tun. Dich nur erschrecken. Aber dann bist du hierher zu mir gekommen. Du bist mir auf die Spur gekommen. Und fast wollte ich es sogar.«

Björn stand auf. »Ich muss jetzt gehen. Ich kann jetzt nicht länger bleiben. Das wirst du verstehen.«

Antonia kroch in sich zusammen. Björn kam auf sie zu, und sie machte sich noch kleiner. Er hob seine Hand und strich ihr nur leicht über das Haar.

»Ich tue dir nichts. Hab keine Angst, mein Engel.«

Dann lief er aus dem Zimmer, und Antonia, die wie versteinert dasaß, hörte, wie die Haustür ins Schloss fiel.

26

Was sollte sie tun? Björn hatte drei Menschen umgebracht und einen schwer verletzt. Aber sie konnte doch nicht die Polizei auf ihn hetzen. Was sollte sie nur tun? Nach einer Weile fiel die Starre von ihr ab. Sie nahm das Handy vom Tisch. Als sie den Knopf für die Wiedergabe drückte, hörte sie Björn sprechen. Sie hatte sein Geständnis aufgenommen. Sie wählte die Nummer von Kommissar Klatt in Stralsund. Es klingelte etwa sechs- oder siebenmal. Antonia kam es wie eine Ewigkeit vor. Endlich meldete sich der Kommissar. Stockend erzählte sie ihm, was sie gerade erlebt hatte. Klatt forderte sie auf, das Haus sofort zu verlassen.

Schwach, wie sie war, stand sie auf und wankte zu ihrem Wagen. Eine halbe Stunde später standen vier Polizeiwagen vor ihrem Ferienhaus in Gager. Antonia begleitete Hauptkommissar Klatt und seine Beamten zu Björns Haus zurück. Es war leer, der grüne Jeep stand nicht mehr da. Man vermutete, dass Björn aufs Festland geflüchtet war, und gab eine Suchmeldung heraus.

Die Polizei durchkämmte das Haus, befragte Frau Pisch, die Mitglieder der Naturschutzgruppe und andere Dorfbewohner. Aber Björn blieb verschwunden. Man hatte zwar das Geständnis, aber der Täter fehlte.

Antonia fuhr zurück ins Ferienhaus und packte ihren Koffer. Sie wollte so schnell wie möglich nach Hause. Auch Florian würde abreisen und mit ihr nach Hamburg kommen. Er hatte seine letzten Konzerte gegeben, und das nächste Engagement war erst in drei Wochen. Als Gesine anrief, war Antonia dankbar, dass die Freundin nicht darauf herumritt, sie vor Björn gewarnt zu haben. Auch Florian hielt sich mit Bemerkungen zurück. Er sagte lediglich:

»Ich werde jetzt mitkommen und erst mal auf dich aufpassen!«

Als Antonia ihre Kleidung im Koffer verstaut hatte, legte sie ihre Bücher und das Recherchematerial zuoberst. Dabei rutschte ein schmales Buch aus der Mappe. Es war das Exemplar über

Opfersteine auf Rügen, das sie sich von Björn geliehen hatte. Sie nahm es in die Hand, und es öffnete sich fast wie von selbst in der Mitte, an einer Stelle, die Antonia schon einmal gelesen hatte und die jemand unterstrichen hatte: »Der zu opfernde Mensch wurde mit dem Rücken in die ausgehöhlte Fläche des Steines gelegt, so dass sein Kopf über die obere Kante desselben hervorragte.«

Antonia ging zu ihrem Koffer und zog die Zeichnung heraus, die Björn ihr geschenkt hatte. Das Blatt zeigte den Opferstein in Aufsicht. Je länger sie es betrachtete, umso deutlicher erkannte sie in der Schraffur der Oberfläche die Umrisse eines Menschen, der mit dem Rücken auf dem Stein lag.

Intuitiv griff sie nach ihrem Mantel, rannte zum Wagen und fuhr zum Kliff. Sie lief die ganze Strecke bis zur Treppe, wagte jedoch nicht, hinunter an den Strand zu gehen.

Durch den feinen Regenschleier konnte sie die Findlinge erkennen. Etwas Großes, Helles lag auf dem großen Stein in der Mitte. Antonia wandte sich ab und ging langsam zum Wagen zurück. Im Auto sitzend, wählte sie die Nummer von Hannes Klenke.

»Herr Klenke, ich habe ihn gefunden. Kommen Sie ans Kliff!«

Eine Stunde später hatten Klenke und sein Kollege Björn dort tot geborgen. Er hatte sich die Pulsadern geöffnet und sich mit dem Rücken auf den Opferstein gelegt, so dass sein Kopf nach hinten unten über die Kante des Steins hing. Er war kaum bekleidet.

Auf dem Heimweg fuhren Antonia und Florian über Stralsund und besuchten Kriminalhauptkommissar Klatt. Als Antonia eintrat, stand der Kommissar auf und schüttelte ihr die Hand.

»Respekt, Frau Babe. Ohne Sie hätten wir den Fall sicher nicht so schnell gelöst. Habe ich auch Ihrem Chef heute Morgen gesagt. Er meinte, er hält auch viel von Ihnen.«

Antonia sagte nichts und fragte nach Erik.

»Wir haben ihn wieder entlassen. Er bekommt ein Verfahren wegen versuchter Vergewaltigung. Da werden Sie dann noch geladen. Es sei denn, Sie lassen die Anklage fallen. Wegen Kvelsen haben wir ihn auch noch befragt. Er hat ausgesagt, dass Björn Kvelsen unter einer Perversion litt, die er bei der Mönkeberg in

Kiel als junger Mann ausgelebt hatte. Er wurde nur sexuell erregt, wenn man vor ihm Tiere quälte! Frau Mönkeberg ist dem nachgekommen. Sie hat Ratten und Mäuse besorgt und vor ihm gequält. Später hat sie ihn damit verhöhnt. Vor allem als er in der Sache mit dem Stein gegen sie war, hat sie gedroht, seine Vergangenheit ans Licht zu bringen. Wir haben einen Brief von der Mönkeberg in seinen Unterlagen gefunden. Und im Keller seines Hauses eine Sammlung mit Tierfallen und Fangeisen aller Art. Gehörte wohl dazu. Zu seinen Vorlieben, meine ich.«

Antonia war erschüttert.

»Ich begreife nicht, wie er bei seiner Geschichte auch hilfsbereit und liebenswürdig sein konnte!«

Klatt kratzte sich den Kopf.

»In meinem Gewerbe wundert man sich nicht mehr über viel. Aber so einen Fall hatte ich bisher auch noch nicht. Ich schreibe gerade den Ermittlungsbericht, und auf Ihren Hinweis hin haben wir den Vorfall mit der Mutter noch mal recherchiert. Die Heimakten von Björn haben ergeben, dass die Mutter alles, was um ihn lebte, umbrachte. Vor allem seine kleinen Tiere, an denen er sehr hing. Er hasste daraufhin Frauen, vor allem Frauen, die ihn an die Mutter erinnerten. Im Gutachten der Heimpsychologin stand auch, dass er sich aber gleichzeitig in Teilen mit der Mutter identifizierte, daher wohl die Perversion.«

Als Antonia schon auf dem Flur war, rief Klatt sie noch einmal zurück. Er hielt ihr eine Zeitung hin und fragte: »Kennen Sie den Mann?«

Unter der Überschrift »Hamburger Detektiv greift Feriengast auf der Binzer Promenade an« war ein Foto von Wietke abgebildet. Der Artikel führte aus, dass sich der Detektiv in betrunkenem Zustand auf einen Mann mit Trenchcoat gestürzt und ihn gewürgt habe.

»Noch jemand, den Mönkeberg beauftragt hatte!«, lächelte Antonia und gab dem Kommissar die Zeitung zurück.

Auf der Fahrt nach Hamburg konnte Antonia sich nicht beruhigen.

»Vielleicht hätte man Björn helfen können, wenn man seine

Geschichte früher gekannt hätte. Vielleicht hätte es gar nicht so weit kommen müssen, mit den Morden. Und dem Selbstmord!«

Florian, der hinter dem Steuer saß, nahm ihre Hand.

»Ich finde, du solltest dich beruhigen und jetzt zur Abwechslung von Mord und Perversion mal was Nettes machen. Verreisen, zum Beispiel. Was meinst du?«

Antonia lächelte.

»Gute Idee! Mönkeberg hat noch mal ein nettes Sümmchen springen lassen. Als nachträgliche Gefahrenzulage sozusagen. Ich dachte an Venedig. Kommst du mit?«

Zwei Wochen später fuhren sie zu Björns Trauerfeier auf die Insel zurück. Vorher besuchten sie Frau Fegesack und brachten ihr Geleefrüchte und ein paar Konserven für den Winter. Sie sagten ihr nicht, dass Björn Kvelsen derjenige war, den sie damals mit dem Müllsack am Kliff gesehen hatte. Antonia wollte sie nicht mit den Mordgeschichten und Björns Selbstmord belasten. Am Ende des Besuchs erwähnte Antonia dann aber, dass sie zur Beerdigung von Herrn Kvelsen gekommen seien.

»Ist er denn tot?«

Frau Fegesacks runde Kinderaugen schauten erstaunt. Sie suchte sich umständlich zwei Geleefrüchte in Rot und Gelb aus der Zellophantüte und verschloss sie wieder sorgfältig, ohne ihren Besuchern etwas davon anzubieten. Dann goss sie von ihrem Pfefferminztee nach.

»Neulich morgens habe ich ihn doch noch gesehen. Er hatte sich schlafen gelegt. Auf einem Findling mitten im Wasser. Und er hatte kaum was an. Ich habe noch gerufen: ›Herr Kvelsen, Sie werden sich erkälten!‹ Aber er hat mich wohl nicht gehört. Dann hat es ihn erwischt? War wohl zu kalt da unten.«

Antonia und Florian sahen sich betroffen an.

»Frau Pisch hat mir versprochen, dass sie manchmal nach Ihnen schaut! Sie war sehr interessiert an frischen Eiern. Alles Gute, Frau Fegesack!«

Schweigend fuhren sie zum Friedhof. Unter den wenigen Trauergästen erkannte Antonia auch Armin Brunske. Er trug einen dunklen Anzug und wischte sich ein paarmal verstohlen die Augen. Antonia begrüßte ihn und fragte ihn, wie es ihm gehe.

»Na ja, jeht so. Die Tochter is auf Besuch. Det Enkelkind und der Hund vastehn sich!«

Antonia frohlockte. Sie hatte von Hamburg alle drei Kinder von Brunske angerufen und gebeten, nach dem Vater zu sehen. Sie hatte sich nicht abschütteln lassen und war hartnäckig geblieben. Die Jüngste hatte schließlich eingewilligt, den Vater zu besuchen.

Nach dem Begräbnis gingen sie zu Frau Pisch, die mit ihrem Mann Otto gekommen war und sich geräuschvoll die Nase putzte.

»Ist das nicht schrecklich? Erst kommt Erik in Haft. Er war immer so ein netter Junge. Auf dem Festland lernen die jungen Leute doch nur Schlechtes.«

Frau Pisch steckte ihr Taschentuch in die Handtasche zurück und knipste diese resolut zu. »Gehen Sie auch noch mit auf Kaffee und Butterkuchen in die ›Linde‹?«

Antonia hatte die engsten Bekannten von Björn nach der Beerdigung in den Gasthof eingeladen. »Ja, Frau Pisch. Wir kommen auch.«

Frau Pisch straffte ihren Rücken und fuhr fort: »Und dann das mit Herrn Kvelsen. Er war ein richtiger Gentleman.« Frau Pisch sprach es aus wie »Schentlemän«. »Eine Schande ist das. Aber am Ende sind wir doch alle nur in Gottes Hand, und man schaut doch keinem ins Herz.«